C000157335

Didier Daeninckx

Les figurants
Accompagné de dessins de Mako

suivi de

Cités perdues

Gallimard

LES FIGURANTS

Accompagné de dessins de Mako

CHAPITRE PREMIER

La porte de la chambre s'ouvrit alors qu'il trempait sa tartine dans le café tiède. Elvire étira en bâillant les pans de sa chemise de nuit rose, ferma ses poings de poupée, poussa un grognement de plaisir avant de lancer la phrase qui inaugurait chacune de leurs journées communes depuis près de quinze ans.

— Oh, cette nuit j'ai bien dormi...

Valère Notermans leva les yeux et il anticipa le moindre geste de sa femme. Il se promettait souvent de changer un objet de place pour voir si cela compromettait le déroulement du rituel ou s'il existait encore assez de ressources en elle pour s'adapter à l'inattendu... Il se contentait d'imaginer des scénarios qui tous, sans exception, s'achevaient dans le plus grand tragique.

Ses nuits étaient peuplées d'apocalypses.

Il lui arrivait quelquefois de la regarder, dans la pénombre, quand une émotion trop forte l'obligeait à s'asseoir brusquement dans le lit, pour calmer les

battements de son cœur et dissiper la peur. Les cau-
chemars s'effilochaient comme des brumes touchées
par le soleil sur la lande. Elvire gisait, immobile, les
yeux recouverts d'une feutrine noire, et il s'était
souvent penché pour saisir le filet d'un souffle, le
frémissement de sa poitrine, la croyant morte. Sa-
vait-elle seulement que les rêves existaient ? Peut-
être pensait-elle qu'il s'agissait là d'intermèdes publicitaires dans le néant de ses nuits.

— Oh, cette nuit j'ai bien dormi…

Aux premiers temps de leur vie commune, cette
manière de souligner par la parole le moindre de
ses faits et gestes l'enchantait. Il semblait à Valère
qu'elle mettait ainsi en valeur des événements dont
l'importance était masquée par leur apparence ano-
dine. Elvire attirait son attention amoureuse sur son
corps, sur sa capacité à déplacer l'air, à capter le
soleil.

Elle renversait un peu de crème dans sa paume,
commençait à s'en enduire les épaules et avançait
les lèvres pour minauder.

— Je crois que je vais me mettre un peu de
crème…

Il ne voyait que la main frôlant la rondeur des
épaules.

Elle se versait un verre de lait.

— Tiens, j'ai envie de boire du lait… Ça me fera
du bien…

Il pensait à ses seins.

Peu à peu il s'était lassé du spectacle et les phrases sans importance s'étaient mises à résonner dans sa tête. Il n'y eut bientôt plus qu'elles, en bas de l'écran.

Une vie entière en version ordinaire sous-titrée !

Valère se demandait par moments comment il avait pu se délecter de ce perpétuel commentaire en temps réel. La seule réponse satisfaisante qui lui venait à l'esprit ménageait son orgueil : le son suppléait à la faiblesse de la lumière. En d'autres termes, le simple fait de dire ce que l'on vit en redouble l'intérêt, et comme chacun sait, deux fois rien, c'est déjà quelque chose. Il n'en avait pris conscience qu'un an après leur mariage alors qu'elle était enceinte et s'associait dans un « nous » maternel à l'enfant qu'elle portait.

— Nous allons nous mettre à l'ombre… Le docteur nous a conseillé de ne pas faire d'efforts…

La première fois il s'était retourné pour chercher le compagnon invisible, puis il avait fini par se faire à l'idée que, dans certains cas, la tête des femmes se vide au rythme où leur ventre s'alourdit.

À la naissance de Robert, la description rigoureusement objective de leurs rapports avait fini par perdre son aspect *nouveau roman* pour livrer sa véritable réalité : un vide redondant.

Comme beaucoup d'autres, qu'il critiquait auparavant, Valère s'était mis à saisir toutes les occasions qui lui permettaient de quitter le nid étouffant aux odeurs de lait caillé. Il fréquentait *Le Bar des Amis*, un bistrot du quartier de la mairie tenu par deux frères kabyles, Abgral et Igoucimen, dont l'un se faisait appeler Claude et l'autre Jean. Il aurait pu sublimer ses malheurs domestiques grâce aux doses de pastis ou aux bulles de Kro, mais le deuxième verre de n'importe quelle mixture alcoolisée lui provoquait des céphalées nauséeuses qui le jetaient sur le flanc. Dès qu'il avait accompli ses huit heures de travail salarié et enduré ses deux heures de transports payants, il se hissait sur un tabouret haut, dans le recoin, derrière la porte, s'accoudait au zinc courbe devant un chocolat chaud ou un fruit pressé, selon la saison, et participait à toutes les conversations qui s'ébauchaient. La lecture de l'exemplaire collectif du *Parisien* fournissait la majeure partie des sujets de départ, mais l'étonnante diversité des habitués faisait exploser le cadre strict de la conversation de troquet. La personnalité des deux patrons y était pour beaucoup. Claude-Abgral avait payé de dix-huit mois de forteresse militaire française une désertion dans le Constantinois après son enrôlement forcé dans un des rares régiments qui ne pratiquait pas la torture : il ne restait jamais personne à chatouiller dans les douars après leur passage. Un peu plus âgé, Jean-Igoucimen, couvert par un boulot d'O.S. chez Panhard, avait passé tout le temps de la guerre à organiser les planques parisiennes des militants pourchassés, maniant le pistolet à peinture le jour et l'automatique la nuit. Ils avaient gardé de cette époque dont ils ne parlaient jamais l'habitude de jauger les clients en une fraction de seconde et de se tenir prêts, le cas échéant. Et si un indic traînait ses oreilles au *Bar des Amis*, contrairement à la grande majorité des autres cafés de la ville, ce n'était pas derrière le comptoir.

Valère connaissait tout le monde, mais il ne parvenait pas à précipiter cette proximité en amitié. L'absence d'alcool dans le sang, dans les mots, le laissait sur l'autre rive et il se contentait de ce territoire. Dans le lot, Atanis avait sa préférence. Il se disait Grec, juif de la diaspora sépharade espagnole échouée dans les ruelles de Salonique, bien qu'il ne se rappelât plus un seul mot des langues qu'il avait pourtant chantées, hurlées, murmurées au cours de ses jeux d'enfant. Dès qu'un rayon de soleil illuminait les toits de la ville, il déambulait en short anglais, torse nu. Il avait inventé le *sound-system* bien avant les *rappers* de New York : on ne le voyait jamais sans un énorme radio-cassette de la première génération qu'il alimentait en fouillant dans un sac Leclerc bourré d'enregistrements prestigieux. Adolescent, en même temps que sa famille, il avait perdu le sommeil, à Dachau, et il passait ses nuits avec les plus grands orchestres du monde, sur France Musique, une cassette vierge en embuscade. Il y avait également Wahad, une armoire souriante, chauffeur d'ambassade. Le consul africain qu'il véhiculait ne rechignait pas à venir manger le couscous du *Bar des Amis*, le vendredi soir, pour trouver un peu de chaleur humaine après une semaine de jeu de rôle sur la scène internationale. Si la Mercedes 350 qu'il

conduisait y était bien entendu pour quelque chose,
Wahad devait surtout sa réputation, dans toute la
communauté malienne et burkinabée du secteur, à
un intense trafic de pots de Nescafé remplis de confiture rouge. Ils transitaient par une valise diploma-
tique mauritanienne et contenaient une explosive
purée de piments confectionnée par la femme d'un
marabout de Ouagadougou. Une ancienne prosti-
tuée du bordel de la rue Auvry, Denise, s'était re-
convertie dans la daube, le mironton et le couscous
méchoui. Elle ne sortait pratiquement jamais de sa
cuisine, un coin de cour protégée par une verrière,
et nourrissait une demi-dizaine de types tombés du
trottoir avec les restes des gamelles servies aux
clients payants. Certains de ces traîne-misère s'ac-
quittaient de leur dette en balayant la salle, en dé-
graissant la hotte, en sortant les poubelles, au petit
matin. D'autres se contentaient de rendre leur assiette vide. Norbert appartenait à la première catégorie. Il était toujours disponible pour donner un
coup de main au livreur des Bières Kabyles ou ac-
compagner l'un des patrons à Rungis ou chez Métro. Il habitait au milieu d'un amoncellement de
panneaux électoraux ou de signalisation et de sacs
de sel de potasse, dans un dépôt de voirie dont il
avait réussi à garder la clef après deux jours de dé-
neigement au noir. Trois fois par semaine, mardi,
jeudi, samedi, il aidait à monter puis à démonter les
structures du marché forain jusqu'au jour où il avait
brusquement disparu de la circulation. Denise l'avait

retrouvé à la morgue, promis à la fosse commune. D'après ce qu'on lui avait dit, un flic en fin de service avait découvert le corps dans un bosquet du passage Saint-Christophe, au petit matin. L'autopsie concluait à une mort accidentelle, une chute de pochtron sur le pavé inégal de la ruelle. Le seul problème était que Norbert, tout comme Valère, ne buvait pas la moindre goutte d'alcool. Denise avait sacrifié un peu de ses économies et envoyé les bénéficiaires de ses largesses alimentaires aux nouvelles. Ils avaient, durant une semaine, écumé les rades du quartier, lustré de leurs coudes élimés tous les zincs, de la mairie aux Quatre-Chemins, du Montfort à Crève-cœur. La solution du mystère était revenue à Tarzan, un ancien balayeur épileptique de chez Lourdelet. Il avait fait semblant de s'endormir près de la salle de billard du *Javert*, un boui-boui encastré entre deux soldeurs, le long du canal. Le patron venait de baisser le rideau de fer tandis que dans son dos sa femme, une blonde filasse, se versait un pastis en prenant soin d'inverser les proportions. Cinq volumes de jaune contre un d'eau claire. Il s'était retourné à l'instant où elle s'apprêtait à faire disparaître le mélange.

— Je t'ai déjà dit d'y aller mollo… C'est comme ça que ça arrive, les accidents !

— Je suis assez grande pour savoir ce que j'ai à faire…

— Sauf que ce n'est pas toi qui as trimballé le corps du mec que tu avais jeté dehors au début du mois…

— Je ne l'ai pas fait exprès… Il s'est cogné la tête en tombant… Je n'y suis pour rien…

Tarzan s'était laissé glisser sous l'un des billards, guettant la moindre occasion de se sortir du guêpier où il s'était fourré. Le chien de la maison, un berger allemand qui répondait au nom d'Iram, était venu se blottir contre lui après avoir grogné de plaisir en reconnaissant son odeur. Il était resté là toute la nuit, réconforté par la chaleur de l'animal, et s'était éclipsé au petit matin, profitant de l'habituelle promenade matinale d'Iram. Denise avait évoqué devant Valère son intention de se rendre au commissariat pour raconter ce qu'elle avait appris. Il avait raclé le fond de son bol avec sa cuillère pour ramasser le reste de chocolat.

— Tu sais, ça ne pèse déjà pas beaucoup la parole d'une ancienne radeuse employée par d'ex-terroristes FLN… Si en plus elle vient rapporter les accusations d'un technicien de surface, aux neurones dégénérés, à propos de la mort d'un sans-domicile-fixe, je te laisse imaginer la réaction du flic de base…

— Alors on fait comme tout le monde, on écrase ?

Valère n'avait rien trouvé d'autre, en guise de réponse, que hausser les épaules. Trois mois plus tard la blonde filasse du *Javert* avait loupé une marche alors qu'elle quittait le premier étage du Monoprix, les bras chargés de paquets. Depuis elle devait poser ses béquilles et se bloquer contre le comptoir pour se servir ses mixtures.

CHAPITRE II

Si la fréquentation assidue des accoudés du *Bar des Amis* avait très sensiblement modifié la vie de Valère, sa rencontre avec Jérôme Sisovath l'avait bousculée en profondeur. Il avait fait irruption un midi, une affichette et un rouleau de scotch à la main.

— Je peux mettre ça sur votre vitrine ?

Igoucimen avait allongé le cou, par-dessus son comptoir.

— Ça dépend de quoi ça parle…

Jack Nicholson souriait en coin et en quadrichromie, sous les lettres à la calligraphie western du Family Palace.

— Je vais essayer de relancer le ciné du quartier… Si ça vous intéresse, vous serez toujours le bienvenu !

Il avait joint le geste à la parole et posé sur le zinc un carnet d'une dizaine d'exonérations. L'aventure avait duré six mois. Commencée dans l'hommage aux grands maîtres du western et du film noir, elle

s'était achevée dans la diffusion à la sauvette de ka-
ratés sud-coréens et de pornos soft normands en
vidéo gonflée. Valère avait récupéré quelques places gratuites qui lui permirent de redécouvrir la di-
mension réelle du mot « écran », d'en déconnecter
la signification de celle de l'aquarium à télécom-
mande qui trônait dans la salle à manger et devant
lequel Elvire passait cette moitié de vie pré-sonori-
sée qu'elle ne commentait pas. C'est là, au creux
des fauteuils d'orchestre du Family Palace, qu'il as-
sista aux premiers pas des hommes surexposés de
George Lucas. Le titre presque chimique de ce film
aux images brûlées, *THX 1138*, avait découragé les
foules périphériques, et ils n'étaient qu'une dizaine
à suivre les aventures de l'étrange peuplade souterraine aux crânes rasés. Il en restait moins de la moitié, quelques mois plus tard, pour les débuts de
Robert de Niro devant la caméra de Martin Scor-
sese. Les travellings vertigineux de *Mean Streets*
furent directement suivis, à l'affiche, par *Profes-
sion suceuse* qui ne valait que par la netteté de ses
gros plans.

Cette courte période vit se développer une véritable
amitié entre Jérôme Sisovath et Valère Notermans.
L'exploitant de cinéma avait appris le maniement des
appareils de projection à l'exilé du foyer conjugal
et lui laissait volontiers les manettes pour aller faire
le point dans ses comptes. Les soirées de Valère
étaient rythmées par les exploits athlétiques de Billy
Chong, Jackie Chan ou Bruce Lee, qui alternaient

avec les prouesses musculaires intimes d'Hubert Géral et de Brigitte Lahaie.

L'aventure prit brusquement fin quand une banque fit jouer ses créances contre Jérôme Sisovath et que derrière la vitrine du Family Palace, le sourire carnassier du félin de garde du Crédit Lyonnais remplaça celui plus débonnaire et languissant de la Metro Goldwyn Mayer. Le patron disparut du paysage aussi subitement qu'il y avait pris place. La vie, le long des zincs du quartier, ne fut pas plus affectée par la mort du cinoche que par celle de Norbert le clodo. À part au *Bar des Amis* où, six mois plus tard, arriva une lettre au compostage breton adressée à Valère Notermans. Elle lui fut remise par Abgral, le soir même, de manière solennelle. Il la décacheta devant tous les habitués, la lut deux fois de suite, puis la posa sur le comptoir.

— C'est Jérôme… Il vous donne le bonjour à tous…

Atanis délaissa son transistor géant pour se saisir de la feuille quadrillée arrachée à un cahier d'écolier. Il interrogea Valère du regard pour obtenir l'autorisation d'en prendre connaissance et commença à faire la lecture à demi-voix.

Le Creusot, 12 octobre 1982

Salut l'ami Valère.

Le naufrage du Family Palace d'Aubervilliers après celui, deux ans plus tôt, du Kursaal Familial m'a bousillé le moral, et c'est la raison pour la-

quelle je suis parti sans laisser d'adresse et sans dire merci à tous ceux qui, comme toi, ont essayé de me venir en aide. À l'occasion, serre la main de ma part aux amis du bar du même nom, et dis-leur qu'ils n'ont pas eu affaire à un ingrat. J'ai pas mal galéré pour me sortir des griffes du Lyonnais, et j'ai décidé de tirer un trait définitif sur mon passé d'exploitant. « Exploitant » ! Tu parles d'un métier... J'ai réussi à me faire embaucher comme « conseiller technique » par une boîte qui assure la partie matérielle d'une série de festivals de cinéma. J'équipe les salles, je vérifie le matériel de projection, les sonos, je fais faire les adaptations nécessaires... Le seul problème c'est que tous leurs points de chute sont dans les provinces les plus reculées... Bretagne, Auvergne, Franche-Comté... Présentement je suis consigné dans la charmante bourgade du Creusot jusqu'à la fin du mois pour une rétrospective consacrée aux « Images de l'ouvrier dans le cinéma mondial »... Si ça te dit de venir passer un week-end, je peux te loger et te faire voir gratis tous les films de la sélection. Si tu préfères la mer, le mois prochain, je me cogne une semaine de cinéma asiatique à Calais. Où que ce soit, ça me fera plaisir de te revoir. Amitiés.

JÉRÔME

Valère avait saisi l'occasion et débarqué par un samedi pluvieux au cœur de l'empire Schneider. Jérôme logeait dans une bâtisse qui dominait les aciéries nichées au creux de la vallée. La rumeur du travail des hommes, les roulements sourds des trains d'approvisionnement, les stridences du métal montaient jusqu'à eux, et c'était comme si ce fond sonore avait définitivement imprégné l'air. La dynastie d'acier avait érigé de hauts murs autour de son domaine afin de se protéger de ceux qui faisaient sa fortune. On apercevait seulement le sommet des deux fours royaux, une préfiguration architecturale de ce que seraient les cheminées de refroidissement des centrales nucléaires. Là, pendant des siècles, le sable s'était mué en cristal. Les maîtres des fours et des forges avaient aménagé les cuisines dans l'un, et transformé l'autre en opéra. Une reproduction exacte de la Scala de Milan pour une petite cinquantaine de spectateurs. Toutes les voix du siècle avaient fait le voyage du Creusot, et leurs enveloppes humaines avaient emprunté le petit train à vapeur qu'un des Schneider avait offert à son fils pour marquer un anniversaire. Il conduisait, en voie souterraine, du château à l'opéra ou aux cuisines. En temps ordinaire le réseau n'était utilisé que par le petit personnel, mitrons, blanchisseuses, lingères, femmes de ménage, ce qui permettait aux élus de la Bourse de profiter pleinement du paysage.

Les projections étaient concentrées à la Maison de la Culture, un de ces bâtiments sans âme ni personnalité par lesquels les pouvoirs locaux croient devoir affirmer leur pérennité. Valère contempla un long moment le spectacle des festivaliers errant dans le hall sous une morne lumière. Il se posta sous un des rares projecteurs pour jeter un coup d'œil au programme, puis la force de l'habitude lui fit poser le coude sur le bar protégé par une grille qu'il désespérait de voir un jour se lever. Il entra trop tôt dans la salle et dut subir les trois discours d'ouverture. Celui du maire, probablement écrit par le responsable du syndicat d'initiative, celui d'un fonctionnaire préfectoral et culturel, celui, enfin, d'un type dont il n'allait cesser de voir s'encadrer la tête de Nimbus sur tous les écrans blancs de l'hexagone, Léon Olosmith, et qui zézayait un discours à tel point farci de citations d'œuvres et d'auteurs que le commun des mortels pouvait penser qu'il avait été composé avec le seul dictionnaire des noms propres. Promenant son regard sur l'assistance, Valère put constater, à son grand étonnement, que le public était sincèrement attentif aux efforts textuels du conférencier, et qu'il réagissait à certaines formules, certaines allusions qui lui demeureraient longtemps obscures.

Quand il reprit le train, quarante-huit heures plus tard, il connaissait mieux São Paulo, grâce au film de Léon Hirszman *Ils ne portent pas de smoking*, ou la campagne japonaise du *Chemin lointain* de Sachiko Hidari, que la ville du Creusot (Loire).

Dix ans plus tard, Valère avait inscrit une cinquantaine de festivals à son palmarès. Des Rencon-

tres cinématographiques d'art contemporain de
La Rochelle (RCACR) au Festival des minorités de
Douarnenez en passant par Les Films d'aujourd'hui
d'Hyères ou la Biennale du cinéma de recherche de
Pontarlier. Il comptait parmi les cent personnes qui,
en France, avaient vu tout à la fois *Souvenirs de
printemps dans le Liao Ning* d'Alain Mazars, *Fréquence perdue* de Jean-Pierre Céton, *Les Voyageurs de l'intervalle* ou *Irène, Irène* de Peter Del
Monte. Si l'on ajoutait l'œuvre filmique intégrale
de Dominique Noguez, projetée un dimanche de
décembre 1986 à Bourges, les chiffres tombaient de
moitié ! Pour ne rien gâcher, Valère parlait le « léon-
olosmith » dans le texte, et personne ne soupçon-
nait l'ironie quand il se promenait avec Jérôme
Sisovath dans les cocktails d'inauguration, un verre
de jus de fruits à la main, et qu'il élevait la voix
pour être sûr d'être écouté par les oreilles distraites :

— La *Tosca* de Noguez vaut essentiellement par
l'illustration qu'il ose de l'opéra de Puccini. C'est à
mon avis une expérience lyrique commentée par
une mise en scène statique de l'image où l'événe-
ment demeure l'exception…

Jérôme se contentait de poser la cerise sur le gâ-
teau.

— Oui, et cela consomme définitivement le di-
vorce entre la sémantique de la bande-image et celle
de la bande-son, au profit exclusif de cette dernière !

Il se trouvait toujours un journaliste expérimental ou un organisateur exalté pour abonder dans leur sens et louer le travail du réalisateur, alors qu'une traduction rapide du « olosmith » en langage courant montrait que Valère et Jérôme venaient de prononcer une condamnation sans appel du cinéaste. Que dire en effet de plus violent à propos d'un film : qu'il n'est qu'une suite d'images plates engluées dans une histoire sans intérêt ?

Lorsqu'il revenait chez lui, les premiers temps, il avait tenté d'intéresser sa femme aux débats qui agitaient le petit monde du septième art. Elvire ne lui avait prêté attention qu'une fois, alors qu'il étalait sur la table de la salle à manger les photos prises lors des Rencontres Mystères de Biarritz et qu'elle avait reconnu un acteur près de son mari.

— Tiens, je le connais celui-là… Il passe dans une série, sur la Cinq… Johnny Sac-à-dos que ça s'appelle, ou un truc comme ça…

— Son nom, c'est John Cassavetes, le titre du feuilleton, c'est *Johnny Staccato* — et pas sac à dos !

Elle avait levé les yeux au ciel en gonflant ses narines, ce qui chez elle marquait le stade ultime de la colère. Quelques minutes plus tard elle avait ouvert ses bras, ses jambes, et il avait oublié, une fois encore, tout ce qui les séparait.

CHAPITRE III

Valère Notermans débarqua du TGV en provenance de Paris une fin d'après-midi ensoleillée de septembre 1994 et sortit sur la petite place piétonnière aménagée devant la gare de Lens. Deux oriflammes jaune et noir flottaient devant la façade écaillée de l'Apollo, annonçant la tenue des États généraux du cinéma nordiste, une des nombreuses manifestations de réactivation des cultures régionales nées dans le sillage du *Germinal* de Claude Berri. L'atmosphère, tout comme le climat, était inhabituelle : il s'attendait à trouver une ville assoupie, vidée de son dynamisme, de son énergie vitale par la mise à mort de la grosse industrie, et pourtant des centaines de personnes déambulaient sur l'avenue et les troquets refusaient du monde. Il joua des coudes pour accéder à l'accueil de l'hôtel-restaurant *Le Lion des Flandres* dans lequel Jérôme lui avait fait réserver une chambre sur le compte du Conseil régional Nord-Pas-de-Calais. Quand il remit le pied dehors, vers huit heures, la ville s'était vidée

en direction du stade Bollaert et elle ressemblait assez, maintenant, à ce qu'il avait imaginé au cours
du voyage. Les organisateurs avaient obtenu des réductions dans trois restaurants du centre et il donna
sa préférence au *Sainte-Barbe* où il retrouva une
quinzaine de fondus du Festival-Circus attablés devant des montagnes de frites noyées sous la sauce
brune de la carbonade. D'autorité Valère eut droit à
la même punition. Il s'installa entre le journaliste-
créateur du fanzine *Ciné-Débats* et le directeur du
Chemin des Âmes, l'unique salle Art et Essai de
Verdun. Il avala les premières bouchées en révisant
mentalement ses connaissances en olosmith, per-
suadé de disposer là d'un public de choix. Il termina
sa portion sans avoir pu placer le moindre paradoxe,
le plus petit sophisme, la conversation n'ayant roulé
que sur un seul sujet, les chances du Racing Club
de Lens (qu'un des convives rebaptisa Cénacle des
Courses lensoises en français Tout bonnement cor-
rect) face au Paris-Saint-Germain. Valère ne les suivit pas jusqu'au stade et mit le cap sur le *Lion des
Flandres* devant lequel deux filles tout juste sorties
de l'adolescence soutenaient le regard des passants
esseulés. Il ralentit le pas, troublé un instant par
leur maladresse, et s'engouffra dans le hall alors
qu'un groupe de cadres japonais, que la négociation
d'un quelconque contrat de *joint-venture* avait fait
échouer là, se lançaient, confiants, à la conquête du
Lens by night.

Sa connaissance approfondie du rituel festivalier

lui permit de faire la grasse matinée. Il déjeuna près de la fenêtre en observant le public qui stationnait devant les grilles de l'Apollo et s'accorda même un bain. Les applaudissements crépitèrent quand il poussa la porte sombre de la salle de cinéma, reposé, détendu, et il s'installa sous la meurtrière du local de projection tandis que le maire adjoint quittait le devant de scène, côté jardin, en repliant les feuillets de son discours. Les États généraux du cinéma nordiste débutèrent par un hommage à un cinéaste dont Valère n'avait jamais entendu prononcer le nom, le Méridional Jean Gourguet, qui, au tout début des années cinquante, avait réalisé trois films dans le nord de la France. Si *Les Orphelins de Saint-Vaast* et *Trafic sur les dunes* ne présentaient que peu d'intérêt pour quiconque était né à plus de dix kilomètres d'un terril, *Zone frontière* par contre comportait de nombreuses séquences quasi documentaires tournées dans les taudis des faubourgs de Lille encore marqués par les combats de la Libération.

Après la projection, Jérôme Sisovath, un badge d'organisateur au revers, le tira des griffes d'un journaliste du canard local, *L'Hebdomadaire*, qui voulait poursuivre l'œuvre de réhabilitation de Jean Gourguet en lui consacrant une pleine page. L'ancien patron du Family Palace lâcha quelques informations inédites sur le cinéaste, né en 1902 à Sète, et insista particulièrement sur son érotomanie qui l'avait conduit, avant-guerre, à confier à Tino Rossi le rôle d'un voleur de petites culottes dans *L'Affaire Coquelet*...

Dès qu'ils furent hors de portée d'oreille du journaliste, Valère laissa échapper le rire qu'il contenait depuis quelques instants.

— Tu n'es pas sympa, il est capable de l'écrire dans son canard...

Jérôme haussa les épaules, désinvolte.

— J'espère bien...

— C'est un coup à le faire virer...

— Je ne lui ai pas raconté de salades... Ce que tu as vu ce matin fait figure d'exception dans son œuvre, le reste du temps il s'arrange pour mettre le maximum de chair fraîche sur l'écran... S'il était né quarante ans plus tard, ce serait devenu un pape du *hard* ! Qu'est-ce que tu as prévu pour cet après-midi ?

Valère ouvrit la plaquette du festival.

— Quatorze heures trente à l'Espace Louis-Daquin, projection de la copie restaurée de *Au pays noir* de Ferdinand Zecca, film muet réalisé en 1905 et librement inspiré du *Germinal* d'Émile Zola... J'ai vu deux de ses films Pathé à Romorantin, aux Assises de la fiction sociale... *La Grève* et *Les Victimes de l'alcoolisme*... Ça tenait sacrément la route... J'ai bien envie d'aller jeter un œil sur son *Pays noir*...

Jérôme s'adossa à l'affiche d'un des plus grands nanars du cinéma franchouillard : *Un clair de lune à Maubeuge*. La fiche technique précisait que cette lueur nocturne était sortie du crâne d'un ancien professeur de philosophie, Jean Cherasse — ce qui permettait d'envisager en toute confiance l'avenir de Bernard-Henri Lévy. Jérôme posa la tête entre les seins en bichromie de Rita Cadillac.

— Le problème c'est que Zecca dirigeait deux ou trois tournages en même temps et qu'il abandonnait souvent sa place derrière la caméra au premier venu. Là, il n'y a que la scène du coup de grisou qui soit de lui… Le reste est dû à un assistant besogneux, Lucien Nonguet… Ça se traîne et ça ne se relève jamais…

— Qu'est-ce que tu veux que je fasse d'autre ? C'est le black-out… On dirait qu'ils ont décrété une journée de deuil régional après le carton que le P.S.G. a mis à leur club hier soir, au stade Bollaert… Et puis décale-toi un petit peu, avec la poitrine de la fille derrière, ça te fait les oreilles de Mickey…

Jérôme fit un pas de côté.

— La semaine dernière, en cherchant des pièces pour leur vieux projo double bande, je suis tombé sur un chiffonnier de génie… Depuis quatre générations sa famille accumule tous les objets destinés à la décharge et à l'incinérateur… D'après ce qu'il dit, il aurait une collection de vieilles copies-flamme américaines et allemandes… On y va tout à l'heure, à trois ou quatre… Ça te dit de faire partie du voyage ?

Valère referma son catalogue en faisant claquer les pages.

— C'est vendu !

Ils déjeunèrent dans un restaurant thaïlandais du boulevard Basly où ils furent rejoints par les trois autres participants à l'équipée au moment où le patron, cambodgien en fait, saisissait des tranches d'ananas à l'aide de baguettes de bois vernis, les plongeait dans du caramel brûlant avant de les immerger dans un saladier rempli d'eau froide. Valère et Jérôme prirent le temps de s'agacer les dents sur le dessert enrobé de sucre durci puis de rhabiller les femmes tapies derrière le fond bombé des coupelles d'alcool de riz.

La voiture emprunta la voie rapide construite sur le tracé de l'ancien canal, puis suivit le fléchage bleu des autoroutes. Un jeune type avait pris la place du mort, à côté de Jérôme, et Valère s'était retrouvé à l'arrière, coincé entre le programmateur du cinéma municipal de Longwy-Haut, et une caricature de vieille institutrice ventripotente que Jérôme lui avait présentée comme étant Véronique Jablot, la déléguée académique à l'action culturelle. Elle posa son bras sur le rebord du dossier de la banquette pour prendre moins de place, et il sentit son coude s'enfoncer dans sa chair molle. Il plaqua ses mains sur ses genoux, adoptant une attitude d'enfant sage et essaya de perdre ses pensées dans la contemplation des zones industrielles qui défilaient de part et d'autre du capot. Jérôme appuya sur les touches de l'auto-radio pour dissiper le silence digestif qui emplissait l'habitacle. La voix de Cabrel occupait la fréquence Nostalgie.

Chaque fois qu'on fait une maison
Comme elle a trente balcons
Dans les caves en dessous
Des enfants y apprennent l'odeur
Des fusils-mitrailleurs
Et des bouches d'égouts.

La déléguée se mit à glousser en entendant le chanteur ânonner les strophes de sa *Dernière chanson*.

— C'est incroyable ! On a voté une loi pour instituer des quotas de diffusion de chansons françaises, et voilà ce que l'on nous sert… *Dans les caves en dessous, les enfants y apprennent l'odeur des fusils-mitrailleurs*… Les caves, ça n'a jamais été en dessus, et le *y* on se demande ce qu'il fait là… C'est vraiment écrit avec les pieds !

Jérôme tourna légèrement la tête.

— Dans ce cas, on ne peut pas lui en vouloir et je dirais même que c'est assez exceptionnel…

Véronique Jablot se projeta en avant et s'accouda au repose-tête du passager dont Valère ignorait le nom.

— Je ne parlais pas de pieds innocemment… Je suis certaine que ce chanteur à quatre sous compose ses chansons à l'aide d'un dictionnaire de rimes. Il écrit tout d'abord les terminaisons de ses vers, maison-balcon, dessous-égouts, odeur-mitrailleur, et ensuite il essaie tant bien que mal de remplir les vides… Quand il manque trois pieds, il place un *en dessous*, quand cela boite un peu, il se contente de rajouter un *y*… Le résultat est affligeant.

Bien qu'il n'aimât pas Cabrel, Valère, agacé par le ton dominateur et sûr de lui qu'affectait l'éduquée nationale, s'agita les méninges pour trouver une repartie mais il dut se rendre à l'évidence : le cas Francis Cabrel était désespéré ; même Jacques Vergès aurait refusé de défendre une pareille cause. Jérôme trouva la parade en glissant une cassette irréprochable dans la fente de l'appareil au moment où la voiture, fenêtres grandes ouvertes, quittait le boulevard circulaire. Elle pénétra dans les faubourgs de Lille en diffusant sur son passage les notes éparses du *Au pays te-gue-de Castille, il y avait tu-gudune fille* de Boby Lapointe.

CHAPITRE IV

Ils parvinrent à se garer sur une petite place au début de la rue des Postes, et remontèrent à contre-courant en direction du cœur de Wazemmes. Les bradeux occupaient le moindre mètre carré de trottoir et une foule dense piétinait devant les étals improvisés. On aurait dit que le contenu de toutes les caves d'Abbeville à Arlon, de tous les greniers d'Amiens à Mouscron s'était répandu le long des rues lilloises. Véronique Jablot tomba en arrêt devant une exposition de tableaux cartonnés que les instituteurs accrochaient, jadis, aux murs des classes et grâce auxquels leurs élèves apprenaient à connaître le monde.

— Oh, les animaux de la ferme... J'avais cette planche quand j'ai débuté, en 1957... C'est exactement la même.

Le programmateur longovicien la tira par la manche alors que le gardien du stand s'approchait souriant, la bouche légèrement entrouverte comme s'il voulait imiter un avaleur de carte bleue.

— Vous l'achèterez au retour, Véronique... Sinon, avec le monde qu'il y a, vous allez la retrouver pliée en huit !

Plus loin un quinze tonnes avait déversé sur la chaussée un terril de chaussures, sandalettes, boots, charentaises et baskets dépareillées. Plusieurs dizaines de personnes montaient à l'assaut des pentes mouvantes à la recherche de la gauche allant avec la droite, ou de la droite avec la gauche. En face, un collectionneur dépassionné proposait les différents sacs publicitaires en plastique qu'il avait amassés en trente années de courses ménagères. La Ruche, Familistère, Félix Potin, Les Docks Rémois, Le Comptoir Français... Chacun des noms faisait sonner dans le souvenir le carillon nostalgique et aigrelet de la porte d'entrée. Ils dépassèrent une fontaine circulaire asséchée dans laquelle ondulait un serpent d'acier multicolore. Jérôme Sisovath contourna l'épave rouillée d'une Rosengart qui avait longtemps dû servir de poulailler, pour venir se planter devant une interminable table de campagne sur laquelle étaient disposés avec soin les portraits Harcourt encadrés de vedettes du cinéma des années trente. Il saisit un Julien Carette rigolard qu'il observa, puis reposa entre Madeleine Robinson et Le Vigan à l'approche d'une petite femme osseuse aux yeux rougis par la fatigue. Elle avait recouvert ses épaules d'un plaid écossais qu'elle serrait fermement à hauteur de son cou.

— On n'est pas chez Tati... C'est marqué « ne pas toucher »...

— Excusez-moi, je n'avais pas vu... Votre mari n'est pas là ?

La revêche pointa le doigt en direction d'un troquet d'angle, *Chez Josette et Sadeck*.

— Les clients, lui, il les attend là-bas...

Avant d'entrer, ils jetèrent un œil admiratif sur l'imposant tas de coquilles de moules que les serveurs alimentaient avec les restes des repas. Jérôme, suivi à distance par les festivaliers buissonniers, longea le zinc de la brasserie et traversa la petite salle attenante occupée par une dizaine de couples dont le plus jeune totalisait un siècle et demi. Un gros homme poupin trônait derrière une table agrémentée d'une nappe vichy rose recouverte d'une assiette de tartines campagnardes, d'une tranche de beurre salé, d'assaisonnements et d'un saladier de boulonnaises au vin blanc et au fenouil. Il reposait sa chope de blanche quand la petite troupe s'immobilisa dans l'allée, à un mètre de lui. Jérôme posa les mains sur le dossier d'une chaise cannelée.

— Bonjour Willy... Vous vous souvenez de moi ?

Il ingurgita un mollusque lamellibranche et le fit glisser en lapant un peu de jus récupéré à l'aide d'une demi-coquille avant de tourner la tête vers son interlocuteur. Le mouvement fit glisser son catogan poivre et sel sur son épaule droite.

— On n'oublie pas un type qui vous parle de Wallace Reid quand, dans ce putain de pays, tout semble tourner autour du prix des meubles de Tapie, de la prostate du président ou du dernier spectacle de Bruel à Bercy ! Vous voulez boire un verre ?

Il avait déjà fait signe au serveur. Véronique Jablot se pencha vers Valère Notermans tandis que les bocks s'alignaient sur la table accolée. Les vibrations de sa voix firent naître un frisson au creux de son oreille.

— Vous le connaissez, vous, ce Wallace Reid ?

Il aspira un peu de mousse amère.

— De nom… C'était un acteur fétiche des débuts d'Hollywood… Il est mort d'une overdose et les puritains se sont servis de sa disparition et de celle d'une starlette au cours d'une soirée chez un autre comédien du muet, Fatty Arbuckle, pour imposer un code moral aux studios…

Willy termina consciencieusement son repas, puis il s'essuya les doigts avec un mouchoir en papier imbibé d'alcool citronné dont l'odeur soulevait le cœur. Ils se glissèrent dans son sillage pour se retrouver, après une halte au bar, devant l'alignement de regards des anciennes stars nationales figés par l'objectif. Leur guide à queue-de-cheval héla la femme au plaid (Hé, Solange !) qui trottina jusqu'à lui.

— C'est les gens du festival de Lens dont je t'avais touché un mot… Il faut que je leur montre des bobines, au local… Tu gardes la boutique, je reviens dans une heure…

Les rides envahirent le front de Solange, une flaque sous un vent rasant.

— Et je mange quand, moi ?

Il la prit dans ses bras.

— J'ai demandé à Sadeck de t'apporter une portion à domicile. Servie sur un plateau, comme une princesse… À tout à l'heure…

Willy connaissait Wazemmes comme sa poche. Il les entraîna vers la place du marché, à travers une série de ruelles, de courées, de jardins, évitant le maillage principal encombré des objets du passé. Une grille dont la rouille disparaissait sous d'incompréhensibles tags multicolores donnait accès à un boyau qui filait entre deux hauts murs de brique ocre. Une mousse grise recouvrait les pavés disjoints et une végétation rare allongeait ses tiges à la recherche d'un soleil impossible. Le bradeux cinéphile s'arrêta en plein courant d'air, devant le portail sombre d'un atelier abandonné, plongea une main sous son col de chemise pour en ressortir un collier d'acier auquel pendaient plusieurs clefs. L'une d'elles ouvrait la serrure, et il fit glisser le vantail métallique dans son rail. Il abaissa la manette du tableau électrique, découvrant un hangar aussi grand qu'un terrain de football, dont le ciment gardait encore les traces d'alignements de machines. Le fantôme d'une gigantesque forge hantait le mur qui leur faisait face. Valère Notermans s'avança le premier, le nez en l'air, fasciné par les enchevêtrements de courroies de cuir qui pendaient de la multitude de roues crantées soudées aux poutrelles métalliques du plafond. Ils prirent une coursive délimitée par des garde-corps au dessin végétal, et la salle amplifia le crissement de leurs pas sur les gravats qui recouvraient le sol. Il fallut encore emprunter un monte-charge aux pistons dégoulinants de graisse rouge pour s'enfoncer, bloqués derrière le grillage de fer losangé, dans les profondeurs silencieuses de l'usine. Le sous-sol, bas de plafond, était divisé en plusieurs pièces séparées par des cloisons de placoplâtre. Willy les fit entrer dans celle qui se trouvait au plus près de l'ascenseur ; il y avait aménagé une salle de projection d'une quinzaine de places. Il pria ses invités de goûter sans attendre le moelleux des fauteuils avant de disparaître derrière l'écran, dans une sorte de minuscule coulisse où était entreposée la majeure partie de sa collection de films. Il fourragea parmi les boîtes rondes en fer-blanc et revint les bras chargés d'une dizaine de bobines. Il marqua un temps d'arrêt en passant à hauteur de Jérôme.

— Je crois que vous allez être surpris... Je suis sûr qu'aucun de vous n'a jamais vu ce qu'il y a là-dedans...

Il pénétra dans la cabine de projection équipée de plusieurs appareils seize millimètres, simple ou double bande, et clipa la première bobine de son choix sur l'axe supérieur d'un Debrie MB 15. Les plafonniers baissèrent d'intensité au rythme de l'apparition des chiffres repères sur l'écran : 5... 4... 3... 2... 1...0 !

Il ne subsistait du générique disparu qu'un carton qu'on aurait pu croire rajouté et qui annonçait une production de la Keystone. Le visage de Ben Turpin, l'homme qui louche des films de Mack Sennett, s'installa sur le drap blanc où il fut rapidement rejoint par Ford Sterling, son compère à barbiche et par Mack Swain, l'éléphantesque moustachu. Les coups de pied au cul commencèrent à pleuvoir, la fumée s'évapora des revolvers, les flics mécaniques en casquette agitèrent leurs courtes matraques, les silhouettes se découpèrent sur les toits, les mariés s'enfuirent de l'église en courant, poursuivis par les Ford T des invités, les chevaux attelés à un corbillard se dressèrent devant une pompe à essence, faisant glisser le cercueil vers une meute de chiens affamés tandis qu'un gamin qui ressemblait à un Charlot à barbe et grosse moustache contait fleurette à une nageuse en petite tenue rayée.

La lumière se ralluma le temps que Willy procède au changement de bobine. Valère s'essuya les yeux, humides de rire, et se pencha vers Jérôme assis devant lui.

— C'est dingue, on dirait Charlie Chaplin... Il est habillé de la même manière que dans *Pour gagner sa vie*, son premier film dirigé par Mack Sennett... Haut-de-forme, redingote, monocle et chaussures vernies...

— D'accord pour les accessoires, sauf que le film était d'un assistant de Sennett, Henry *Pathé* Lehrman... Je crois que j'ai lu quelque chose quelque part sur cette bande... Sûrement dans le bouquin de Terry Ramsaye. Je vérifierai en rentrant...

Ils eurent ensuite droit à un programme plus attendu : une série de films d'actualités reconstituées,
des scènes de la guerre russo-japonaise, le départ
des Terre-Neuvas, le couronnement du tsar Nico-
las II, le carnaval de Venise, et l'assassinat de Jaurès, un très court métrage de 1919, signé Georges
Lacroix et dans lequel figurait, parmi les acteurs-
consommateurs du *Café du Croissant*, la toute
jeune Léonie Bathiat qui n'allait pas tarder à se
faire connaître sous le nom d'Arletty… Willy aban-
donna son projecteur et traversa la salle alors que le
fondateur de *L'Humanité* agonisait sur la moleskine
de la banquette. Le meurtrier Villain courut, l'espace d'une fraction de seconde, sur le dos de la
chemise du chineur lorsqu'il passa devant le faisceau pour s'engouffrer dans son réduit. Valère l'arrêta alors qu'il retournait vers ses appareils, une
boîte métallique coincée sous le bras.

— Vous l'avez trouvé où, le Mack Sennett de
tout à l'heure ?

— Sur le marché aux voleurs de Casablanca,
l'année dernière… Il y a des trésors insoupçonnés
sur les trottoirs des villes d'Afrique, d'Amérique du
Sud ou du Moyen-Orient… pour rien… Vous allez
voir celui-là… (il tapota du bout du doigt sur le rebord de la boîte). Je l'ai dégoté dans une vente aux
enchères de plaques publicitaires émaillées, à La
Madeleine… J'ai acheté un lot, et il était dedans…

— C'est quoi ?

Pour toute réponse Willy posa son index contre
ses lèvres.

CHAPITRE V

Le drap blanc tendu fut tout d'abord bombardé, dans un silence que seul troublait le bourdonnement des crantages sur les dents du Debrie, par une alternance d'éclairs aveuglants, de taches noires, de stries, de hachures, puis tout se stabilisa dans une sorte de pluie battante avant que n'apparaisse la première forme humaine, à mi-chemin entre l'ombre et le fantôme. Elle dépassa une clôture désarticulée sur laquelle on lisait, imprimé au pochoir, un nom décoloré par le soleil et le vent : ENGLEWOOD. La silhouette se chargea de chair et de sang tandis que l'œil de la caméra descendait jusqu'à observer la scène à hauteur des talons du personnage qui s'était immobilisé devant une impressionnante construction d'allure médiévale. Le corps du bâtiment, haut de trois étages, était un parallélépipède de brique sombre flanqué sur chacune de ses deux largeurs de trois tours vitrées arrondies. Diverses inscriptions animaient les commerces situés au rez-de-chaussée mais une seule était lisible depuis l'endroit où se tenait l'acteur. Elle s'étalait sur toute la devanture d'une boutique surplombée par l'une des tours d'angle :

BOUGHT AND CO
USED MAGAZINES

et l'asphalte mouillé renvoyait son reflet inversé.

Valère s'était calé dans son fauteuil, les mains accrochées aux accoudoirs, captivé par la formidable tension qui émanait de ces images muettes. L'homme s'était remis en marche, il ne se passait rien de plus et pourtant une véritable menace sourdait de ce face-à-face avec le château. Un vent humide battait les larges pans de son imperméable dont les pointes voletaient devant les lumières du faubourg comme des chauves-souris. Il grimpa les trois marches encadrées par deux panneaux publicitaires maintenant visibles qui vantaient un produit mystérieux, SIGNS, et plongea la main dans une poche intérieure pour prendre une clef en forme de croix. La porte s'ouvrit d'un côté pour se refermer, en raccord, alors que le personnage se trouvait déjà à l'intérieur. Il accrocha son pardessus à la patère en forme de main féminine plantée dans le mur, longea un interminable couloir éclairé par quelques lampes à gaz, qui butait sur deux petits escaliers jumeaux. Séparés par une cloison, ils montaient en colimaçon vers les étages. Le personnage actionna la commande d'un mécanisme qui libéra une ouverture dans laquelle il disparut. Après un fondu au noir, l'objectif cadra l'ombre de son profil d'aigle qui se penchait vers un catafalque où gisait le corps dénudé d'une adolescente, l'enveloppant d'un manteau de ténèbres. Il fit ensuite le tour de la vaste maison en empruntant des escaliers dérobés, des passages secrets, des sortes de petits toboggans, observant, l'œil collé aux judas, nombre d'autres jeunes femmes visiblement emprisonnées dans des chambres semblablement décorées du seul parement des pierres. Il termina la visite de son royaume devant les manettes d'un pupitre, son regard fixe collé à un tableau lumineux représentant l'agencement du château. Ses mains se refermèrent comme des griffes sur les leviers, et chacun des ordres qu'il leur imprimait provoquait un gros plan de la caméra sur la pièce concernée. Le spectateur y était aussitôt transporté pour constater les effets de ces imperceptibles mouvements sur les manettes. Un gaz mortel envahissait une chambre, une trappe s'ouvrait dans une autre, libérant un serpent venimeux, le sol de la troisième s'inclinait, entraînant son occupante vers un bain de chaux vive tandis qu'une autre rendait l'âme sur un lit à armature métallique soudain branché sur la haute tension. Le réalisateur s'attardait sur l'agonie des victimes, filmant avec un rare réalisme les yeux révulsés, l'étirement des traits, les bouches ouvertes sur des cris muets...

Leurs appels désespérés vibraient encore dans les têtes quand, au milieu d'une horrible scène d'assassinat, la lumière, crue, inonda l'écran. Valère Notermans eut besoin de quelques secondes pour se décontracter, et il sentit la tension abandonner lentement ses muscles. Jérôme Sisovath s'était retourné vers lui avec un soupir de soulagement.

— J'en ai pris plein la gueule ! C'est d'une force incroyable, ce truc…

— Oui, ça décape sérieusement…

Le programmateur de la salle de Longwy et Véronique Jablot, lèvres soudées, langues nouées, semblaient avoir échappé aux frayeurs. La voix de Willy les fit sursauter, écourtant leur étreinte.

— Alors, qu'est-ce que vous en pensez ?

Le type silencieux qui était à l'avant de la voiture au cours du voyage Lens-Lille redécouvrit l'usage de ses cordes vocales.

— C'est tout ce que vous avez ? Il n'y a pas la suite ?

Willy s'étira puis pressa son front avec ses mains qui glissèrent jusqu'au catogan.

— Hélas non. Je me dis que quand un film commence de cette manière, c'est que le metteur en scène est sûr de tenir le rythme jusqu'à la fin. On ne place pas la barre aussi haut si on n'a pas la sacoche pleine de biscuits !

Il se laissa lourdement tomber dans le fauteuil situé à l'extrémité du premier rang. Jérôme désigna l'écran, machinalement.

— Vous avez une idée de l'identité du réalisateur et de l'époque ? Il est d'avant-guerre, à mon avis…

— Je l'ai montré à plusieurs spécialistes et j'ai recueilli des jugements complètement contradictoires. Pour les uns, c'est un film américain, argentin, pour les autres il est autrichien, hongrois… Les dates oscillent entre 1935 et 1950, et je vous passe la liste des réalisateurs auxquels il est attribué : il y aurait de quoi remplir un bottin ! Tout ce que je sais avec certitude, c'est que j'ai récupéré une copie de travail avant mixage et que le support, de fabrication Pathé, date de 35 et qu'il a été utilisé jusqu'au milieu des années cinquante…

Valère tapota sa boîte de cachous dans sa paume ; il avala trois minuscules rectangles après en avoir proposé sans succès autour de lui.

— Et les acteurs ? Je n'en connais aucun…

Willy laissa peser son regard sur le couple improbable qui continuait à se lécher réciproquement les babines, haussa les épaules et se tourna vers Valère.

— Moi non plus ! J'ai fait réaliser des photogrammes de tous les visages qui apparaissent dans le film et je les ai envoyés à Jacques Lèdur, un type qui fait autorité dans ce domaine… Il paraît qu'il possède la liste complète des figurants du *Ben Hur* de William Wyler avec leur place respective dans chacune des scènes…

Jérôme se fit mousser à peu de frais.

— Ce n'est pas du baratin : je l'ai rencontré il y a deux ans au festival Film et Eau de Conflans-Sainte-Honorine ; il venait de reconstituer la même chose à propos des *Dix Commandements* de Cecil B. De Mille. Et il a trouvé quelque chose ?

— Pas la moindre piste… Selon lui, le tueur fou ressemble vaguement à un Amleto Paganelli vieilli… (précisa-t-il, pour dissiper l'incrédulité qui s'affichait sur les visages). C'était une vedette du cinéma italien d'avant la Première Guerre mondiale… Il est au générique d'une flopée de nanars comme *Passion tzigane* avec Diana Karène ou *Le Feu* avec Pina Menichelli… En fait l'Amleto en question a été tué par les Chemises noires de Mussolini à Rome, en 1927, au cours d'une ratonnade anti-pédés…

Willy se leva pour aller remettre de l'ordre dans sa collection, suivi par Valère qui fit semblant, un moment, d'être intéressé par les différents modèles de projecteurs.

— Qu'est-ce que vous comptez en faire, de ce film ?

— Je ne sais pas trop… Bien sûr, ça peut se fourguer rapidement dans le petit monde des collectionneurs… Le problème c'est que je n'ai jamais considéré que mon boulot consistait à acheter au plus bas possible pour revendre au plus haut… J'aime bien laisser ma patte sur les objets dont je croise la vie… Toutes les photos qui sont en vente, par exemple, à Wazemmes, je les ai retouchées au pastel… C'est pratiquement imperceptible, mais j'ai ravivé un sourire, redonné de l'éclat à un regard, atténué une ride…

Valère cala une partie de la pile de boîtes métalliques sur ses avant-bras.

— Je regarderai de plus près, au retour... Le film, vous n'allez pas le coloriser, j'espère !

— Non. J'estimerai avoir fait ma part de travail en l'identifiant... Votre ami, Jérôme, m'avait dit qu'il y parviendrait sans peine... Je pense qu'il s'était un peu avancé... Et vous, quel est votre sentiment ?

Ils posèrent les bobines sur les étagères du réduit.

— Les images sont absolument magnifiques... Les cadrages, la lumière, la découpe des ombres, le jeu des comédiens... Sans parler des décors ! Quand ça s'est rallumé, je me disais que nous étions devant le fragment miraculé d'un chef-d'œuvre perdu... Je n'aurais pas été surpris de voir un nom comme celui de Fritz Lang sur un bout de générique...

L'évocation de l'auteur du *Diabolique docteur Mabuse* fit naître un sourire d'approbation sur les traits de Willy.

— On ne peut pas faire autrement que d'y penser... J'ai tout lu sur Fritz Lang en espérant dénicher un indice qui me conduise sur la piste de ce drôle de château... Le château *Bought and Co, Used Magazines*, comme je l'appelle...

— Et alors ?

— Rien ! Un des grands spécialistes languiens, Alfred Eibel, a vérifié l'emploi du temps de Fritz Lang jour par jour sans rien trouver non plus... Il a eu accès aux scripts allemands que Lang a laissés derrière lui, en 33, quand il s'est réfugié aux États-Unis pour fuir le nazisme... Le seul qui aurait pu s'en approcher dans l'esprit, c'est un scénario américain de 1934, *The Man behind You*, un remake de *Doctor Jekyll and Mister Hyde*, mais on ne trouve aucune situation, aucune scène semblable à ce qu'on vient de voir...

L'histoire du film excitait Valère au plus haut point.

— Il faut chercher autre part...

— Vous avez une idée de la direction à adopter ?

— Ce n'est pas possible que ce qu'on a vu ne soit pas encore imprimé dans la mémoire de ceux qui y ont participé : les machinos, les décorateurs, les costumières, les actrices, les monteurs...

— En supposant qu'ils soient encore de ce monde ! Très sincèrement, je ne vois pas comment on peut recoller les morceaux si, par exemple, il a été discrètement tourné en 1935 dans la colonie italienne de Buenos Aires par un génie méconnu admirateur de Fritz Lang !

Valère Notermans se rapprocha du bradeux.

— Je suis prêt à relever le défi, si vous acceptez de me donner un coup de main...

— Les affaires sont plutôt molles en ce moment...

— J'ai parlé d'aide, pas d'argent !

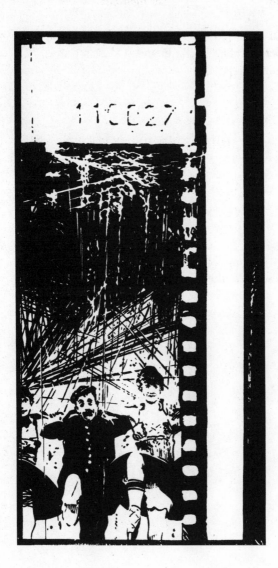

CHAPITRE VI

Valère avait réussi à prendre la place du mort
pour le voyage du retour, et l'inconnu s'était retrouvé coincé à l'arrière près du couple haletant, tenant sur ses genoux le nostalgique tableau cartonné
représentant les animaux de la ferme que Véronique
Jablot ramenait de la Braderie de Lille. La pluie
tombait en trombes, noyant l'autoroute, le paysage.
Les voitures roulaient au pas, phares allumés, agitant leurs essuie-glaces, et Jérôme conduisait le nez
sur le pare-brise, toute son attention concentrée sur
les feux rouges arrière qui apparaissaient par intermittence au travers du déluge. La nature imposait sa
loi, son rythme, ne laissant aucune place au dialo-
gue, mais Valère sentait bien que le silence, dans
l'habitacle, naissait d'un autre malaise. L'accord
passé avec Willy de Wazemmes avait faire naître
une onde négative entre Jérôme et lui, une distance
à la fois sensible et invisible, comme celle qui se
crée entre les polarités jumelles de deux aimants. Ils
s'étaient séparés devant l'Apollo après que Jérôme

eut refusé, sous un prétexte qui ne tenait pas la
route, de partager la table de Valère.

Le programme de la soirée n'était pas à propre-
ment parler enthousiasmant : *Marie Soleil* d'An-
toine Bourseiller puis *Un homme et deux femmes* de
Valérie Stroh, des films dont le seul intérêt était de
montrer quelques vues de Lille, du Boulonnais et
de la campagne flamande. Il fallait attendre le petit
matin pour avoir droit à une gâterie, *Le Maître nageur* de Jean-Louis Trintignant dont la première
partie était située à Roubaix. Les proches des organisateurs piégeaient les festivaliers en faisant courir
le bruit que l'acteur, en tournage à Bruxelles, avait
promis de participer à un débat sur le coup de deux
heures du matin.

Valère s'était résigné à manger seul dans un petit
restaurant traditionnel, *Sur le Carreau*, face auquel,
des années auparavant, s'élevaient les chevalements
de la fosse numéro un. De retour dans sa piaule du
Lion des Flandres, il examina un à un les photogrammes que Willy lui avait confiés et passa une
bonne partie de la soirée à les classer. Peu avant
minuit, il disposait d'une sélection des différents décors intérieurs et extérieurs, d'un choix des nombreuses facettes du personnage principal et de huit
séries, chacune étant consacrée à une des victimes
féminines du *serial killer*. Il ne trouva pas la force
de se rhabiller pour aller à la rencontre de Trintignant qu'il vit effectivemennt descendre de voiture
devant l'Apollo, et s'endormit cerné par les visages

des jeunes femmes de *Used Magazines* qui s'éti-
raient, se déformaient à la manière des peintures de
Francis Bacon.

Il se rendit dès le lendemain matin en périphérie
de Lille, à La Madeleine, train puis tram, muni de
l'adresse où Willy avait fait l'acquisition du lot de
plaques émaillées qui comprenait aussi la bobine du
film. Il prit plaisir à marcher dans les larges ave-
nues bordées de bâtiments anciens. La salle des
ventes administrée par maître Carpentier occupait
les locaux d'un ancien magasin de sous-vêtements
féminins dont la clientèle avait été largement com-
posée de bonnes sœurs des institutions de l'agglo-
mération lilloise. Il se heurta au naturel suspicieux
des employés de ce genre de lieu qui ne vivent que
sur la dispersion des témoins matériels des existen-
ces, et pour lesquels le moindre épanchement, le
moindre sentimentalisme, fait figure de faute pro-
fessionnelle. Il parvint à attaquer la couche d'indif-
férence d'un conducteur de Fenwick en lui payant
deux ou trois coups au bar d'un tabac proche dont
la décoration témoignait de la capacité du patron à
profiter des opportunités... Le cariste se souvenait
de la journée de vente d'objets publicitaires et il se
débrouilla, entre deux bières, pour aller jeter un œil
sur les registres. Le lot avait été constitué sur la
base des sujets animaliers représentés sur les tôles,
et il n'était à aucun endroit fait mention d'une boîte
ronde en fer-blanc. Il risqua une explication en buvant sa dernière chope.

— On ne fait pas gaffe, des fois… Surtout en fin de journée… La fatigue… Un truc peut tomber et on n'a pas la force d'aller le rechercher… Je ne vois pas comment c'est possible autrement…

Valère aligna quelques rondelles de dix sur le comptoir.

— Il n'y aurait pas eu des enchères de matériel cinématographique, à peu près à la même époque ?

Le type remettait déjà sa casquette pour rejoindre son poste de travail. Il se retourna sur une grimace négative.

— Pas à ma connaissance… On a eu des affiches, une fois, mais c'est tout. Jamais de films.

Valère reprit le tram. En voulant éviter le centre de Lille toujours occupé par les stands de farfouille, il se retrouva dans un bus bizarrement bondé pour un dimanche matin et qui filait vers Roubaix. La carlingue se vida devant la porte monumentale d'une société de vente par correspondance qui devait écluser en extra les commandes exceptionnelles de rentrée scolaire. Au lieu de repartir en sens inverse, il préféra se laisser transbahuter jusqu'au cœur de la cité dont il ne connaissait que la sombre réputation. Ses pas résonnèrent sur les pavés, dans les courées, sur la place du beffroi. Il avala une barquette de vraies frites debout contre la baraque d'un forain et, pour digérer, poussa jusqu'au quartier de l'Alma. C'est là, entre deux rangées de hachélèmes ocre rouge, près d'un canal immobile, qu'il tomba sur l'atelier de reliure-librairie du Labyrinthe. Un écriteau annonçait que la boutique était ouverte sept jours sur sept, toute l'année, de midi à minuit. Il poussa la porte et découvrit, dissimulé par des piles de livres, le maître des lieux occupé à relier un ouvrage ancien. Valère commença à promener un regard évasif sur les tranches des bouquins ; il s'apprêtait à sortir quand le patron l'interpella.

— Si vous avez envie de lire un truc, ne vous gênez pas, il y a un tabouret, là, dans le coin, derrière la porte…

— Vous êtes gentil, mais je n'ai pas la tête à ça, en ce moment…

Le type devait avoir une quarantaine d'années, et il regardait le monde derrière des lunettes de myope de fort calibre.

— Pas la tête à quoi ?

— À lire…

— Parce que vous croyez que j'ai la tête à bosser ? Si ça ne tenait qu'à moi, je serais en train de bouquiner, sauf qu'il faut que je le livre, ce foutu livre…

Ils discutèrent de choses et d'autres, puis, inévitablement, la conversation vint sur le cinéma. Valère raconta quelques anecdotes enjolivées sur ses tours de France des festivals régionaux. Le relieur en redemandait et il s'y pliait de bonne grâce.

— Il y a trois ans, au cours du festival du film de guerre de Craonne, j'ai vu un film américain en version originale sous-titrée dont l'action se déroulait pendant la contre-offensive allemande dans les

Ardennes, à l'hiver 44… Une centaine de G.I. étaient encerclés, prêts à faire le sacrifice de leur vie, quand soudain des chars surgissent pour leur prêter main-forte. Un des soldats les aperçoit, comme dans les westerns quand arrive la cavalerie, et il se met à crier : « *Tanks ! Tanks !* » Vous savez ce qu'il y avait comme sous-titre ?

— Non, à part *Tanks*, je ne vois rien d'autre…

— Merci ! Merci !

Valère finit par lui parler du film mystérieux qu'il avait vu dans l'usine désaffectée de Wazemmes. Il sortit de sa poche intérieure une sélection de photogrammes qu'il disposa en éventail sur l'établi du libraire. L'homme les regarda un à un, surpris par la force qui se dégageait des visages. Il passa rapidement sur les vues de décors intérieurs et s'arrêta soudain sur le cliché montrant l'extérieur du château. Il brandit le rectangle de carton.

— Je suis certain d'avoir déjà vu cette maison quelque part !

Valère, qui depuis quelques minutes se demandait s'il avait bien fait de s'ouvrir à un inconnu de ses recherches, se redressa.

— Vous êtes sûr ?

Le relieur s'était levé et il fouillait dans les papiers, les dossiers posés sur une petite table soutenue par deux tréteaux.

— Ce n'est pas très vieux, en plus…

Il remua la poussière accumulée depuis des semaines sans résultat, passa en revue les titres serrés sur

les étagères de sa boutique et, à deux doigts d'abandonner, il se frappa le front du plat de la main.

— Ça y est, je crois que ça me revient !

Il se baissa pour exhumer une pile de vieilles revues dépareillées exilée sous le petit meuble qui lui
servait de caisse. *Salut les Copains* voisinait avec
France-URSS, *Paris-Match* avec *Gros Seins*, *Dé-
tective* avec *Le Pèlerin*, *Bonne Soirée* avec *Play-
Boy*... Il les compulsa fiévreusement pour, dans un
geste solennel, présenter à Valère la double page
centrale d'un antique numéro de l'éphémère revue
Gang qui s'ornait d'une reproduction du château
Used Magazines. Un énorme titre courait, en gras,
sur les deux pages :

HOLMES, L'INDUSTRIEL DU CRIME

et sous ce dernier mot le maquettiste avait placé la
photo d'un homme dans un médaillon.

Valère, machinalement, posa le photogramme sur
le journal. Un premier examen pouvait laisser sup-
poser que le bâtiment était le même, d'autant que
les points de vue des opérateurs correspondaient
mais, en observant plus minutieusement, un bon
nombre de différences apparaissaient. Un peu comme
au jeu des sept erreurs. Le dessin des fenêtres n'était
pas identique, la cheminée centrale n'avait pas la
même forme ni la même hauteur, la porte d'entrée
semblait nettement plus large sur le magazine et,
surtout, le château du film avait été amputé d'un
étage. Il en fit la remarque au libraire qui avoua ne
pas comprendre. Valère rangea les clichés dans sa
poche.

— À mon avis, le décorateur a réinterprété la réalité pour une raison d'économie ou d'esthétique…

Il rentra par le train en lisant le numéro de *Gang* que le relieur du Labyrinthe lui avait offert. L'article sur le Docteur Holmes, signé par un spécialiste éminent de l'histoire du fait divers, faisait partie d'une série consacrée aux plus grands criminels de l'histoire, et une annonce de bas de page promettait des révélations sur Burke et Hare, les résurrectionnistes d'Édimbourg, dont la spécialité était d'alimenter en cadavres frais les salles d'anatomie de la faculté écossaise ! Le Docteur Holmes n'avait pas besoin de prétexte pour se livrer à l'élimination massive de ses contemporains : il ne faisait que satisfaire un besoin irrépressible, le meurtre lui était aussi nécessaire que l'air et l'eau. Il avait vu le jour dans le New Hampshire en 1860, sous le nom de Herman Webster Mudget, et s'était installé comme médecin à Chicago, vingt-cinq ans plus tard, après avoir ruiné une épouse et une maîtresse. L'Exposition universelle qu'accueillait la ville en 1893 lui permit de mettre le projet de sa vie à exécution. Il déploya tous les artifices de la séduction pour dépouiller une veuve de ses millions de dollars qu'il réinvestit aussitôt dans l'édification d'une demeure baroque, le Holmes Castle… La bâtisse qui avait la silhouette lourdaude d'une forteresse médiévale était enregistrée sous la rubrique « hôtel » par les autorités municipales. Le docteur Herman Webster Mudget n'avait délégué à personne le soin de dresser les plans et d'en surveiller la construction. Les travaux avaient été divisés en de nombreux lots confiés chacun à des entreprises différentes étrangères à la ville. Aucune ne disposait du dessin d'ensemble. Les pièces avaient pu être ainsi dotées de trappes, de portes coulissantes, de judas… L'installation électrique permettait de faire passer le courant dans les endroits les plus improbables tels que les baignoires, les sièges des toilettes ; des conduits de gaz s'ouvraient, à distance, près des chevets. Le sous-sol renfermait plusieurs cuves remplies de chaux vive, d'acide sulfurique dans lesquelles les cadavres des victimes venaient se dissoudre après avoir glissé le long d'étroits toboggans. Un incinérateur venait à bout des éventuels déchets humains récalcitrants. L'hôtel afficha complet pendant les six mois que dura l'Exposition universelle, et son unique employé, le Docteur Holmes, n'y acceptait que les jeunes et jolies célibataires venues seules de lointaines contrées. Quelque temps après la fin des festivités, un incendie détruisit le dernier étage du Castle (ce qui pouvait fournir une explication à son absence dans le décor du film). Pompiers et policiers découvrirent avec stupeur la configuration des lieux, certains se risquèrent dans les flammes, au péril de leur vie. Quand le sinistre fut maîtrisé, à la nuit tombante, on avait retrouvé les restes d'une dizaine de femmes et libéré trois malheureuses qui avaient perdu la raison dans leurs geôles. Un placard, dissimulé entre deux murs qui s'étaient effondrés, renfermait la lingerie intime de deux cents femmes différentes, et c'est ce nombre de petites culottes, de guêpières, de gaines ou de soutiens-gorge qui fut retenu par les spécialistes de l'identité judiciaire pour fixer le nombre des victimes du Docteur Holmes.

Herman Webster Mudget s'enfuit au Texas où il commit d'autres crimes, sous d'autres noms. Il fut arrêté en 1896 à Philadelphie par les limiers de l'agence Pinkerton, condamné à mort et pendu le matin du sept mai, quelques jours avant son trente-sixième anniversaire. Quand, quelques années plus tard, le castel Holmes devint un lieu de pèlerinage, la municipalité de Chicago se décida à le raser et s'ingénia à faire oublier jusqu'au souvenir du docteur fou. La prohibition et son cortège de tueurs à la mitraillette allait lui permettre d'afficher des délinquants plus présentables.

CHAPITRE VII

Valère Notermans avait passé la soirée à étudier ses trésors et il s'apprêtait à se glisser dans les draps humides du *Lion des Flandres* quand Jérôme Sisovath avait frappé à la porte.

— Tu ne fais plus la gueule ?

Valère se sentit piqué par la mauvaise foi de son ami.

— La gueule, moi ! Mais c'est toi qui la tirais longue comme ça parce que j'avais sympathisé avec ton bradeux à queue-de-cheval ! Tu n'as pas dit un mot de tout le voyage du retour…

— J'aurais bien voulu t'y voir, coincé entre l'orage et les deux ménopausés, à l'arrière, qui se suçaient les dents…

La réconciliation n'eut pas besoin de se dissimuler derrière d'autres phrases. Jérôme tendit ses fringues à Valère.

— Habille-toi, il y a quelqu'un pour toi, en face…

— Brune ? Blonde ?

— Roux, à moustache…

Le hall de l'Apollo résonnait de mille jugements contradictoires sur *Je t'attendrai* de Léonide Moguy avec Corinne Luchaire, et la mort de la jeune actrice lors de sa détention pour faits de collaboration n'était pas la chose la moins commentée. Jérôme et Valère traversèrent la foule jusqu'au bar, à l'extrémité duquel un petit homme vêtu d'un loden vert sirotait une bière de Chimay.

— Valère, je te présente Hervé Delorce... C'est un des plus grands spécialistes de l'histoire du décor cinématographique... J'ai pensé qu'il pourrait allumer une ou deux lumières...

Valère lui tendit la main et refusa la gueuze qu'il lui offrait.

— Je ne bois pas d'alcool... Je vais prendre un jus d'orange... Pardonnez-moi de ne pas vous connaître...

— Ne vous excusez pas, j'ai publié quelques bouquins, il y a une éternité, et je viens de passer une dizaine d'années aux États-Unis.

— Dans le cinoche ?

Il parlait sans forcer la voix, et Valère dut se pencher pour capter sa réponse.

— En périphérie... Je travaillais sur un énorme projet : la création d'un musée du décor et de l'accessoire. Il doit s'ouvrir le premier janvier de l'an 2000, près de New York, dans les anciennes chaînes de montage des bombardiers B52... Gigantesque !

Le public reflua vers l'entrée de la salle quand une voix d'hôtesse à l'accent chtimi annonça l'imminence de la projection de *L'Ombre des châteaux* de Daniel Duval, et ils s'installèrent autour d'une table sur laquelle Valère disposa ses photogrammes comme s'il s'apprêtait à faire une réussite. Hervé Delorce chaussa des lunettes pour les étudier un à un. À l'issue d'un examen aussi minutieux que silencieux, il avait mis une dizaine de photos de côté. Il les prit et les disposa en éventail dans sa main. Jérôme se pencha pour voir sa sélection.

— Alors ?

Il abattit l'un des clichés où figurait l'extérieur du château Holmes cadré entre les jambes du tueur fou et désigna une petite brillance.

— C'est tout à fait remarquable, à part ce petit problème de scintillement que les techniciens n'ont pas résolu... La bâtisse a été peinte en trompe-l'œil sur une vitre, ce qui permet d'utiliser toute la gamme des transparences, des jeux d'ombre derrière les fenêtres... La reproduction doit mesurer entre deux et trois mètres de hauteur... Du très bon travail...

Valère taqua nerveusement les photos non retenues par Delorce.

— C'est la même chose pour l'intérieur ?

— Non, l'impression de se trouver dans le cerveau tourmenté du personnage principal est donnée par l'utilisation de toiles peintes en fausses perspectives combinée avec celle de fragments de décors stables… Le déséquilibre est particulièrement bien rendu…

— Vous avez une idée de qui aurait pu en être le concepteur ?

L'historien se versa le fond de la Chimay.

— L'école d'origine est évidemment l'expressionnisme allemand… On sent la patte des studios de la Deutsche Eclair de Erich Pommer, mais il est difficile d'être formel : les plagiats, les copies, les démarquages ont été légion… Je dirais que c'est plus précisément dans le style de ces peintres du groupe *Der Sturm*, qui avaient abandonné les ateliers et les chevalets pour projeter leurs conceptions picturales sur les écrans du monde entier… Il y avait Warm, Röhring, Reimann…

Jérôme nota les noms sur une page de calepin.

— Et vous le situeriez à quelle époque, ce film ?

Delorce compulsa les bromures représentant les visages des victimes avant de répondre.

— C'est assez troublant… Tout ce qui constitue le décor est contredit par le jeu des comédiennes, la légèreté du maquillage… Elles sont beaucoup plus près de la vérité, plus modernes… Comme si on avait tourné les fonds dans les années vingt et rajouté les humains quinze ans plus tard…

Il but la dernière gorgée de bière, reposa son verre vide.

— Je dirais entre 1940 et 1950…

Les États généraux du cinéma nordiste s'achevèrent tard dans la nuit par un buffet généreusement arrosé auquel ni Valère ni Jérôme ne participèrent. Du dimanche au lundi ils restèrent confinés dans le bureau du directeur de la salle, s'usant les yeux sur les vieux numéros d'*Image et Son, Écran, Positif*, à la recherche de notices concernant tous les inconnus que Delorce avait cités au bar de l'Apollo. Ils lurent des manifestes sur la nécessaire désarticulation des formes, des architectures, découvrirent que certains décorateurs peignaient les effets de lumière directement sur les toiles, ou que les costumes n'échappaient pas à cette volonté de distordre un monde jugé informe…

Ils dormirent quelques heures et se retrouvèrent sur le quai numéro 1 de la gare de Lens à guetter la motrice du premier TGV de la journée. Le nez effilé gris acier se frayait un chemin dans les aiguillages quand Willy de Wazemmes se planta devant eux, essoufflé, la bedaine tremblotante.

— Je suis passé à l'hôtel… Je ne croyais pas arriver à temps…

La rame s'était immobilisée devant ses repères, pour deux minutes, et les portes s'ouvraient en chuintant. Jérôme Sisovath grimpa sur le marchepied.

— Vous rentrez sur Paris ?

Le bradeux fouilla dans ses poches de blouson pour finir par sortir trois nouveaux photogrammes qu'il tendit à Valère.

— Il y avait cinq ou six chutes de pellicule, au fond de la boîte… Je les avais regardées, comme ça,

à l'œil nu… J'ai eu la curiosité d'en faire des tirages, hier soir… Je crois que ça valait la peine…

Le chef de gare, sifflet pincé entre les lèvres, regardait sa montre. Jérôme prit Valère par l'épaule.

— Tu montes ou quoi !

Willy, de son côté, lui montrait du doigt un détail
figurant sur l'un des clichés, derrière l'acteur jouant
le rôle du Docteur Holmes.

— Ce bâtiment-là se trouvait autrefois par ici,
une partie du film a donc été tournée dans le secteur… Vous vous rendez compte ?

Le coup de sifflet rageur du Sociétaire national
des Chemins de fer les obligea à grimacer. Valère
se tourna vers Jérôme qui reculait dans le wagon
pour ne pas gêner le mécanisme de fermeture de la
portière ; il agita les photos dans sa direction :

— J'ai l'impression que je vais rester quelques
jours de plus… Je te téléphone dans la soirée…

Willy et lui prirent un café au buffet de la gare.
Une vieille femme clochardisée sommeillait sur la
banquette en moleskine devant une assiette où re-
froidissaient deux œufs au plat. Son dodelinement
s'accentua soudain et elle piqua la tête la première
vers la table, écrasant de sa face ce qui était promis
à sa seule bouche. Elle se redressa et, sans un regard pour tous ceux qui la fixaient, s'essuya lentement à l'aide d'une serviette en papier avant de
commencer à manger.

Willy déplia un agrandissement du photogramme
qu'il jugeait le plus intéressant. L'image déchirée,

lacérée, appartenait au tout début ou à la fin du
film, puisqu'on y voyait quelques lettres d'un générique en noir au blanc. Un *d* ou un *t* terminal sur la
première ligne, *nd* sur la seconde puis, sur la dernière, en beaucoup plus gros, *ACH* en majuscules.
Le tueur systématique marchait sur la berge d'un
canal et s'apprêtait à disparaître sous la voûte enté-
nébrée d'un pont.

— Cet endroit se trouve de l'autre côté de la gare,
en direction de Sallaumines… C'est le canal de
Lens à la Deule…

— Vous en êtes absolument certain ?

— Vous voulez rire ou quoi ? Le pavillon qu'on
voit, là, à droite, c'est celui du père Denoncourt
qui tenait un magasin d'antiquités sur la route de
Béthune dans les années soixante… C'est des gens
comme lui qui m'ont appris le boulot !

Tout en faisant l'appoint pour régler les consom-
mations, Valère jeta un œil vers la clocharde ; les
cheveux barbouillés d'albumine et de lécithine, elle
traversait la salle la tête haute.

— Je vais aller y faire un tour, peut-être que
quelqu'un se souvient encore du tournage…

— Vous pouvez toujours essayer mais le résultat
est couru d'avance… Il ne reste rien de ce qu'on
voit là. Tout a été rasé : les maisons, les installations de la fosse numéro 5, les vieux entrepôts…

— Ils n'ont tout de même pas emporté le canal !

— Si, justement, son cours a été transformé en
voie rapide…

— D'accord ! Ça vaut quand même la peine de repérer les lieux, on ne sait jamais… Avant ça, j'aurais besoin de passer voir un médecin pour me faire arrêter une petite semaine, histoire de justifier mon absence… Vous ne connaîtriez pas quelqu'un de sûr et de compréhensif ? Un amoureux du septième art…

Willy passa une série de coups de fil. Il déposa Valère Notermans devant le cabinet d'un toubib d'Éleu sans prendre le temps de quitter son volant.

— J'ai une vente de pièces détachées de projecteurs anciens dans un quart d'heure à Loos-en-Gohelle… Vous comptez rester au *Lion des Flandres* ?

Valère lui répondit par l'affirmative tandis que la voiture s'éloignait.

CHAPITRE VIII

Valère tira sur la chaînette de la cloche, et les hurlements d'une meute couvrirent le tintement du métal. Six ou sept chiens, quelques croisements de labrador et de berger allemand, un labrit et un setter irlandais vinrent se jeter contre la grille en jappant. Ils ne semblaient pas agressifs mais plutôt curieux de voir qui venait les visiter.

— Flipper, Jézéquel, Jiroboham, Jacquin ! Doucement, doucement !

Leur maître les rejoignit, quelques roses trémières fraîchement coupées dans les mains. Valère l'apostropha en avançant la tête, recueillant dans le mouvement un coup de langue du setter.

— J'aurais voulu voir le docteur Rouvier…

— C'est moi, mais je ne consulte que l'après-midi…

— Je viens de la part de Willy… Il vous a téléphoné…

Valère le suivit jusqu'à son cabinet où le toubib, entouré de ses chiens, lui inventa une grippe compliquée nécessitant une semaine de repos intégral.

Dans la foulée, il lui fit un vaccin contre le même mal, parce que c'était le moment idéal.

— Comme ça, vous ne serez pas venu pour rien !

Il refusa de se faire payer, et c'est un peu plus tard, alors qu'il attendait le bus qui allait l'emmener vers Sallaumines, que Valère se demanda si cette piqûre ne lui avait pas été administrée pour les laver, l'un et l'autre, de tout sentiment de culpabilité. Il voyagea en compagnie de lycéens d'une institution religieuse, Saint-Léonard, et fut rassuré de constater que le centre de gravité du monde n'était pas, chez eux, différent de celui de leurs homologues du laïque : le cul des petites copines. Il traversa les voies de chemin de fer et arpenta les alentours de l'ancienne rue d'Avion, retrouva le tracé du chemin de halage en essayant de situer l'endroit où le metteur en scène avait planté sa caméra. Plusieurs ponts qui surplombaient l'ancien canal avaient été détruits ou modifiés et il ne parvint pas à se décider. Les nuages bas qui stagnaient depuis le matin commencèrent à se liquéfier un peu avant midi. Valère remonta la nationale en direction du centre de la ville. Il s'arrêta un moment place de la Mairie pour lire les inscriptions portées sur le monument à la mémoire des mille deux cents mineurs français, belges, polonais tués par un coup de grisou, le 10 mars 1906, au fond de la fosse numéro 4 de Courrières. Un peu plus loin, l'enseigne d'un troquet attira son regard : *Au bar de l'Apollo*. C'était un cube en brique de six mètres de côté, aux allures de vieille grange, posé près d'un terrain vague qui servait de parking provisoire. Un bar en bois ciré occupait le coin gauche de la salle qui était divisée en deux parties égales, la première pour les assoiffés, la seconde pour les affamés. La seule concession au monde moderne, un présentoir de tickets du Millionnaire, du Bingo, du Keno, en plastique fluo, trônait près d'un antique juke-box transformé en buffet. Valère prit place dans la partie restaurant, face à une grande ardoise sur laquelle une écriture crayeuse d'instituteur déclinait les plats du jour. Il avala une côte de porc-coquillettes, et profita d'un moment où le patron faisait une petite pause pour commander un café et engager la conversation avec lui.

— Il vient d'où, le nom de votre restaurant ? J'ai vu, en passant, qu'il y avait également un Apollo à Lens…

L'homme fit un crochet par le bar pour se servir un demi qu'il posa sur la table, face à Valère.

— Vous permettez ? Ce n'est pas qu'à Lens et Sallaumines qu'on trouvait des Apollo… Il y en avait une bonne quinzaine dans la région, plus des Olympia, des Kursaal, des Éden, des Trianon… Vous vous intéressez au cinéma ?

— Oui, j'ai été projectionniste au Family Palace d'Aubervilliers juste avant qu'ils ne le détruisent… Tout remonte dès que je vois un vieux cinoche…

Le patron pointa le doigt vers la cloison qui séparait le troquet du terrain vague.

— Ici aussi les démolisseurs ont fait leur boulot… Il y avait une salle de mille places à côté, avec des salons pour jouer aux cartes, au rami, aux fléchettes… À une époque, après la projection, les gens restaient assis et gueulaient « encore ! encore ! » ; il fallait remettre un dessin animé ou un court métrage avant qu'ils acceptent de sortir… C'était comme à la messe, les familles avaient leurs places réservées au mois, et dès que j'entendais la musique de l'entracte, je me dépêchais de remplir une cinquantaine de demis pour les soiffards… La bière, ça fait passer la poussière de charbon…

Valère se versa ce qu'il restait de rouge dans son carafon.

— C'est la télé qui a tout tué…

Le patron fit un aller-retour pour servir deux tickets de Black-Jack.

— Elle y a fait, mais le porno a bien aidé… À un moment, il ne passait plus que ça… J'en ai vu deux ou trois, par curiosité… Je ne sais pas ce que vous en pensez, mais moi je préfère quand le drap est sur le lit, pas sur le mur… En tout cas, leurs galipettes ont fait fuir le public familial… Il n'y avait plus que les tout jeunes et les tout vieux… Que des mâles, alors qu'avant, ça se bécotait à tour de bras dans le noir… Le curé me disait, quand il venait boire un coup, qu'une bonne moitié des mômes de Sallaumines avaient été conçus sur les banquettes de l'Apollo !

Le fils du patron qui avait pris la relève au service apporta le café que Valère avait commandé ainsi qu'un alcool, cadeau de la maison. Valère remercia.

— J'ai de bons souvenirs de ce genre au moment d'*Exodus* ou de *West Side Story*... J'ai entendu dire qu'on avait tourné des films, ici, à Sallaumines...

Le patron plongea le nez dans son verre de cognac et fit une grimace.

— Je ne pense pas... Il y a eu des trucs à Hénin-Beaumont, comme *Le Point du jour* avec Piccoli ou *La Femme flic* avec Miou-Miou... À Sallaumines, vous êtes sûr ?

Valère tira de sa poche le photogramme représentant le canal, et le lui tendit. L'homme hocha la tête avant de le lui rendre.

— Inconnu au bataillon, votre film ! C'est sur l'emplacement de la rocade minière, mais avec ce qu'on voit, ça pourrait se trouver aussi bien à Loison qu'Avion ou Sallaumines...

Le patron du *Bar de l'Apollo* lui parla encore du premier cinéma de la région, Al'Pinte de Mazingarbe, où le ticket d'entrée était une pinte de bière ; lui-même était de la dynastie des Bernard, créateurs de la chaîne des cinémas Apollo, dont le dernier survivant habitait un des appartements aménagés contre la salle du cinoche de Lens. Une légende prétendait qu'il lui suffisait d'ouvrir une fenêtre intérieure pour voir le programme, sur l'écran...

La nuit tombait, rattrapant la pluie, quand Valère reprit le chemin du *Lion des Flandres* après avoir consulté, sans obtenir de résultats, l'archiviste municipal, le directeur de la bibliothèque et une ancienne ouvreuse de l'Olympia qui avait tourné dans quelques films régionaux au cours des années cinquante. L'idée lui vint alors qu'il somnolait sur la banquette du car et qu'il repensait à sa première rencontre avec Jérôme Sisovath, des années plus tôt, au *Bar des Amis*. Il le revoyait avec son paquet d'affiches, son rouleau de scotch, demandant à Jean Igoucimen de coller la publicité pour le Family sur la devanture du café.

Il se leva très tôt, le lendemain matin, et déjeuna copieusement d'œufs frits, de bacon grillé, de toasts et de café en prévision des efforts qui s'annonçaient. Sa première visite fut pour le papetier du Furet du Nord qui lui vendit quelques planches de letraset avec lesquelles, dans sa chambre, il composa plusieurs messages très lisibles. Il se rendit ensuite dans une boutique d'impression rapide en self-service du quartier de la gare où une jeune fille accepta gracieusement de le guider dans le maniement des photocopieuses. Il procéda à l'agrandissement des photogrammes représentant les portraits pathétiques des comédiennes, puis les tira chacun en une cinquantaine d'exemplaires accompagnés d'un cartouche dans lequel figuraient un avis de recherche et le numéro de téléphone du *Lion des Flandres*. À la fin de la journée il en avait scotché près de trois cents sur les vitrines des principales rues de Sallaumines, d'Avion et de Méricourt, n'essuyant que quelques refus de commerçants pressés qui pensaient avoir affaire au démarcheur d'un 36.15 sadomasochiste.

CHAPITRE IX

Il ne bougea pratiquement pas de sa chambre de tout le mercredi, les yeux rivés au téléphone et, s'il descendait, c'était pour rôder autour du standard, à l'accueil. Les plaisantins se manifestèrent dans l'après-midi, à égalité avec des gens qui pensaient, au terme d'un raisonnement dont Valère ne comprenait pas la logique, que ses affichettes servaient à recruter du personnel. La première rencontre eut lieu au moment où il ne s'y attendait pas. Il marchait sur le boulevard Basly à la recherche d'un restaurant quand deux hommes d'une bonne soixantaine d'années, qui derrière lui semblaient se livrer à la même occupation, s'étaient soudain rapprochés et l'avaient fermement poussé dans l'ombre d'une porte cochère. Il avait levé les mains devant son visage autant pour se protéger que pour montrer qu'il n'était pas de taille à riposter :

— Si c'est après le fric que vous en avez, il n'y a pas grand-chose et c'est dans ma poche de pantalon...

Le plus costaud des deux sexagénaires l'avait maintenu prisonnier contre le portail tandis que l'autre, davantage marqué par le temps, brandissait l'une des affichettes arrachée à une devanture. Le vent faisait trembler le papier, déformant plus encore les traits de la jeune victime du Docteur Holmes.

— C'est toi qui as collé ces affiches dans tout le pays ?

Valère avala difficilement sa salive. Il essaya de glisser sur le côté pour échapper à la barre d'entrée qui lui labourait les reins, mais la prise se renforça à la mesure de sa tentative.

— Oui… Qu'est-ce que vous me voulez ?

— On veut savoir où tu as trouvé cette photo…

— Dans un film… C'est une actrice…

L'homme qui le maintenait esquissa une grimace.

— Une actrice… Tu te fous de notre gueule ou quoi ! Où est-ce que tu l'as dénichée ?

— Je viens de vous le dire… C'est un cliché tiré d'un film dont je ne connais pratiquement rien… Je cherche à savoir qui l'a tourné et qui joue dedans… Elle, par exemple…

Le plus âgé semblait plus réceptif. Il replia l'affichette et fit signe à son équipier de relâcher sa proie.

— Si vous ne faites pas le mariol, on peut aller discuter de ça dans un endroit plus tranquille…

Valère accepta, d'un mouvement de tête. Ils l'encadrèrent jusqu'à une Xantia garée au coin de la rue Decrombecque, et rejoignirent la route de La

Bassée. Valère fit le voyage assis à l'avant avec, dans le cou, la truffe fraîche d'une sorte de bas-rouge qui répondait au nom d'Eusebio. Ils dépas-sèrent le cimetière nord, l'échangeur de la rocade minière, et s'arrêtèrent sur le parking d'un routier, près de la zone industrielle. Le patron salua les deux anciens en faisant semblant d'ignorer le passage un peu forcé du type qu'ils accompagnaient. La grande salle saturée de fumée et de bruit était suivie d'une buanderie. Ils s'installèrent autour d'une petite ta-ble, entre la machine à laver et les piles de nappes et de serviettes vichy. L'homme qui avait déplié l'affichette, boulevard Basly, planta ses coudes sur le plateau en formica et fixa Valère.

— On a absolument besoin que tu nous dises tout ce que tu sais à propos de cette photo. Tout !

— Et en quoi ça vous intéresse…

Le nerveux se souleva de sa chaise.

— Ce n'est pas toi qui poses les questions, d'ac-cord ?

Valère ouvrit ses mains, les paumes offertes.

— Très bien, j'ai compris…

Il raconta les festivals de province, les États gé-néraux du cinéma nordiste à l'Apollo, la braderie de Lille et la rencontre avec Willy de Wazemmes, la découverte du film sans titre, l'histoire du Docteur Holmes et celle de ses innombrables victimes, les chutes au fond de la boîte qui l'avaient amené sur le canal recouvert par la rocade minière…

— Je cherche simplement à savoir qui a réalisé ce véritable chef-d'œuvre... À un moment on a pensé que ce pouvait être un film inconnu de Fritz Lang...

Quand, après avoir longuement parlé, il releva les yeux, les deux anciens qui lui faisaient face n'étaient plus les mêmes : ils s'étaient affaissés, rabougris. Toute l'agressivité qui les animait un instant plus tôt s'était dissipée et Valère n'avait plus en face de lui que deux retraités anéantis. Ils se levèrent.

— Excuse-nous, on ne pouvait pas deviner...

— Mais qu'est-ce que vous cherchez ? Après quoi vous courez ?

Celui qui lui serrait la gorge une heure auparavant posa une main lasse sur son épaule.

— Après des fantômes...

Il respira profondément comme un plongeur qui reprend pied sur le rivage. Ses yeux s'embrumèrent.

— Il faudrait que tu nous accompagnes... Des amis nous attendent... Je n'aurai pas la force...

Valère reprit place dans la Xantia devant Eusebio qui aventura un coup de langue derrière son oreille. Ils longèrent les ateliers de Durisotti, filèrent dans les rues désertées de Sallaumines pour finir par stopper devant le foyer Charles-Tillon. Le gardien de nuit de la résidence du troisième âge les accueillit dans le hall et leur ouvrit une porte qui donnait sur les sous-sols. Ils empruntèrent un escalier de béton brut et après avoir traversé un couloir que baignait une lumière d'aquarium, ils pénétrèrent dans une salle d'activités, basse de plafond. Une vingtaine d'anciens, hommes et femmes, dont le plus jeune flirtait avec les soixante-dix ans, étaient assis autour d'une série de tables accolées. Chacun avait devant lui une affichette aux coins déchirés. Ils fixèrent Valère qui vint s'installer sous le téléviseur qu'un bras d'acier maintenait incliné. Ses deux anges gardiens résumèrent ce qui s'était déjà dit dans la buanderie du routier, transmettant à leurs amis la stupeur qui s'était emparée d'eux un quart d'heure plus tôt, puis Valère dut répondre à de nombreuses questions sans comprendre où ses interlocuteurs voulaient en venir. Il faisait presque jour quand une des femmes se leva. Elle avait écouté, sans jamais prendre la parole, se contentant de noter d'une écriture minuscule, pareille à celle des prisonniers, ce qui lui semblait le plus important. C'était une petite bonne femme habillée de noir dont les cheveux permanentés prenaient des reflets bleus sous les néons. Son accent polonais arrondissait les mots.

— C'est moi qui suis à l'origine de la réunion de cette nuit… Je m'appelle Euphrasie Olejmilas mais tout le monde ici continue de me surnommer Odette… J'ai pris ce pseudonyme en 1943, quand j'ai été contactée par Berthe Warret et Claire Depoorter pour faire partie d'un comité féminin de résistance… Berthe a été décapitée à Berlin, dans la prison de Charlottenburg, et Claire assassinée à la prison de Douai...

Valère but une gorgée du café, que venait d'apporter le gardien de la résidence Tillon, et alluma une cigarette sans quitter la vieille femme des yeux.

— Toutes celles qui sont assises autour de cette table sont les survivantes des groupes que nous avions formés et qui se sont battus, les armes à la main, contre les hitlériens... Rose, Annie, Jacqueline, Françoise, Marie... Des dizaines de nos camarades ont disparu mais leur souvenir est resté intact dans nos mémoires, des camarades comme...

Elle hésita, le regard soudain noyé de larmes, et prit une des affichettes qui se trouvait devant elle pour la placer contre sa poitrine.

— ... comme Annette, Augusta Dolmetta de son véritable nom...

Elle pointa le doigt vers les autres photogrammes.

— Comme Clémence, Edmonde, Marthe, Léone, Louise, ou Nelly, qui se sont toutes évanouies dans la nuit nazie, en 1944, et dont les visages glacés d'effroi...

Les mots se brisèrent dans sa gorge. Elle posa les mains à plat sur le plateau de la table puis se laissa tomber sur sa chaise. Valère se tourna vers le conducteur de la Xantia qui pleurait lui aussi, anéanti par l'émotion.

— Ce n'est pas possible... C'est impossible que ce soient vos camarades de résistance... Pas dans un film...

Le vieil homme parvint à se dominer.

— Si, et la photo devant Euphrasie, c'est celle de sa sœur, Nelly…

Ils sortirent dans le parc de la résidence et marchèrent dans la nuit qui dissimulait leurs traits.

— En février 44, une grosse partie de l'Organisation des femmes françaises du Pas-de-Calais est tombée, à la suite de dénonciations… Les plus âgées ont été déportées à Ravensbrück, et les autres, une dizaine, se sont comme volatilisées… À la Libération nous avons effectué des recherches, en vain… Pas la moindre piste… Et puis un jour, je crois que c'était en 1954, est venu un chercheur allemand ; il rôdait autour de nous… Il écrivait une histoire de l'occupation dans la Zone interdite et voulait interviewer des « partisans »… C'était son mot… Des partisans…

Valère vint s'asseoir sur un banc, près d'un minuscule plan d'eau.

— Nous nous sommes réunis pour décider qu'on ne lui dirait rien, et j'ai été désigné pour le rencontrer afin de savoir ce qu'il avait dans le ventre… En fait son étude historique puait le prétexte… Il cherchait autre chose…

— Il vous a dit quoi ?

— Oui… Il voulait rassembler tous les films tournés par le service de propagande rattaché à l'Oberfeldkommandantur 670 de Lille… J'ai fait le rapprochement quand vous nous avez dit, boulevard Basly, que la photo était tirée d'un film…

Valère se pencha vers lui.

— Vous vous souvenez de son nom ?

— Bien sûr... J'ai été habitué à tout inscrire dans ma tête... Tautenbach... Herman von Tautenbach...

Valère revit en un éclair le fragment de générique où s'évidaient les trois lettres terminales de Tautenbach...

ÉPILOGUE

Valère rentra à pied par l'interminable nationale 43, et le jour se levait quand il gravit les marches du *Lion des Flandres*. Il dut faire un formidable effort sur lui-même pour ne pas décrocher immédiatement le téléphone et appeler Jérôme Sisovath. Il ne le réveilla qu'à six heures pour l'obliger à plonger dans les revues, les monographies, les programmes de festivals, les encyclopédies de cinéma qui meublaient les murs de son appartement. Jérôme retrouva la trace d'Herman von Tautenbach dans le numéro d'*Écran mystère* daté de mars 1957 :

« Le réalisateur allemand Herman von Tautenbach, qui avait été l'assistant de plusieurs maîtres de l'école expressionniste dont Paul Leni (*Le Cabinet des figures de cire*) à la fin des années vingt, vient de se suicider avec sa femme dans de troublantes conditions. Longtemps écarté des plateaux pour ses responsabilités dans l'organisation SS, Tautenbach avait fait son retour comme producteur de la célèbre série télévisée *Le coupable est dans la ville.* Les corps ont été retrouvés dans les sous-sols de leur maison de Munich transformés en véritables chambres de torture. Les enquêteurs ont découvert la présence d'un système de prises de vue cinématographique très sophistiqué au moyen duquel les désespérés avaient décidé de fixer pour la postérité les images de leur agonie. »

Valère essaya d'avaler un café, au bar du *Lion,* après avoir réglé sa note, mais rien ne parvenait à passer. Il prit le premier train pour Lille et débarqua sans prévenir chez Willy, à Wazemmes. Il l'obligea à s'habiller et l'emmena dans l'usine désaffectée, lui promettant de lui révéler, après une ultime projection, d'où venait le film. Le bradeux passa derrière l'écran et revint en tenant la boîte en fer-blanc contre lui. À l'instant où il l'ouvrit pour enclencher la bobine sur l'axe du projecteur, Valère approcha son briquet. Le film-flamme s'embrasa immédiatement.

Valère crut entendre des cris au cœur des grésillements.

CITÉS PERDUES

CITÉS PERDUES

I.

Quarante ans, une éternité, que Godard avait planté sa caméra dans le secteur et baladé Marina Vlady de barre en tour pour *Deux ou trois choses que je sais d'elle*, une histoire de prostitution et de grands ensembles. Le béton de la cité avait survécu plus de quinze années à celui de son exact contemporain, le mur de Berlin. Il s'était contenté de s'effriter sous les assauts répétés de la misère. Les sociologues se pressaient sur le site considéré comme le cœur du séisme qui ravageait l'ancienne banlieue ouvrière. À force de mesurer les dégâts sur l'échelle de Richter de la désespérance humaine, on avait fini par se décider à régler le problème, définitivement. Depuis des mois, des banderoles arrimées à hauteur du vingtième étage de la barre Le Corbusier annonçaient qu'on allait dégager l'horizon. À la dynamite, comme pour *Pierrot le fou*. Des équipes de démolisseurs avaient abattu des cloisons, fragilisé les murs de soutènement, les piliers porteurs, percé des passages pour que le souffle puisse circuler, avant de passer le relais aux artificiers. Une infinité de fils électriques reliait maintenant les centaines de charges réparties dans le bâtiment condamné pour converger, en faisceau, à l'installation informatique qui programmerait les différentes phases de la destruction. Yuk et Radovan venaient de garer la fourgonnette près de la palissade, face à la caserne désaffectée, et ils attendirent que la nuit estompe le quartier pour soulever l'une des plaques de tôle galvanisée. Agrippant chacun un bras, ils traînèrent le corps à travers le no man's land jonché de gravats, d'ordures balancées par les derniers squatters, la pointe des chaussures du mort traçant deux traits parallèles au milieu des herbes folles. Il leur fallut contourner des amas de poutrelles rouillées pour entrer dans le bâtiment par l'un des anciens halls. Immédiatement, l'espace amplifia le frottement du cadavre sur le sol, les crissements des graviers sous leurs pas. Jusqu'à leurs essoufflements, semblables à des pulsions de locomotive dans une cathédrale. Ils s'immobilisèrent pour interroger le vide qui les entourait. Le vent s'engouffrait par les ouvertures, et avec lui la rumeur sourde venue de l'autoroute. Yuk se pencha vers son compagnon.

— Il ne faut pas s'éterniser… Juste après la cage d'ascenseur, j'ai repéré un escalier qui menait à la chaufferie. Allez, soulève…

— Putain, il est plus lourd qu'une vache, ce con !

Yuk éleva à peine la voix, mais le ton suffisait à comprendre qu'il ne tolérait pas de réplique.

— Ferme-la ! Je ne supporte pas qu'on insulte les morts.

Bientôt les jambes rebondirent sur l'arête des marches, comme les membres bourrés de son d'un pantin disloqué.

2.

Un ouvrier casqué, badgé, quitta les tribunes où s'entassaient les curieux. Il traversa la pelouse pelée et vint s'appuyer à l'une des barrières Vauban qui délimitaient la zone interdite. L'un de ses collègues, vêtu lui aussi d'une combinaison blanche, d'un casque jaune et de brodequins sable, tirait nerveusement sur une cigarette.

— Tu le connais, le mec qui a supervisé l'installation ?

Le nouveau venu hocha la tête.

— Pas plus que ça… C'est celui qui a bousillé Démocratie, à Vénissieux…

— Tu en es sûr ?

— C'est ce qui traîne dans les bouches et les oreilles… Il a des heures de vol… Dix tours flinguées en moins d'un tour d'horloge…

Son talkie-walkie se mit à grésiller, et il libéra la voix nasillarde du chef de chantier d'une pression du pouce sur la commande.

— Où est-ce qu'on en est dans ton secteur ?

— J'ai rejoint Fernand au poste 4. L'équipe de vérification vient juste de sortir de la barre. Tout se
passe comme prévu. On est toujours dans les temps ?

— Ça m'en a tout l'air. Jean-Pierre Pernaut
vient d'arriver. On fait tout péter dans trois minutes, en direct, pour l'ouverture du journal de
13 heures.

Il coupa la communication et fixa son vis-à-vis
qui écrasait son mégot sous sa chaussure.

— Tu as entendu ?

— Oui...

— Alors, essaie de sourire, qu'est-ce que tu attends ? La France nous regarde !

Un chien paumé qui devait avoir ses habitudes
aux abords du bâtiment se glissa entre deux barrières, à dix mètres d'eux. Ils enjambèrent l'obstacle
et firent quelques pas dans sa direction, jusqu'à ce
que le talkie se remette à crépiter. Le chef gueulait
tellement fort qu'il aurait presque pu se passer de
l'appareil.

— Qu'est-ce que vous foutez, bon dieu !

— On va dégager un cabot qui vient de s'infil-
trer...

— Je t'ai dit qu'on faisait le *Treize heures*, pas
Trente millions d'amis... Laisse tomber et regagnez
vos positions.

Le compte à rebours vibrait déjà dans les haut-
parleurs. La foule rassemblée sur les gradins reprit
en chœur le décompte des dix derniers chiffres. Un

reporter confiait à ses auditeurs que cela lui rappelait le cinéma de son enfance, au patronage, un autre songeait à voix haute à l'ambiance des pas de tirs, Kourou et cap Kennedy.

— Cinq, quatre, trois, deux, un, zéro…

Pendant une fraction de seconde dont chacun ressentit la dilatation, il ne se passa rien. Le temps semblait s'être figé. Puis le soubassement de la barre oscilla imperceptiblement, juste avant que le souffle d'une première salve de déflagrations ne fasse trembler l'air. Le son des explosions se propagea, avec un léger décalage tandis que les premiers étages se dérobaient. La masse de l'immeuble demeurait immobile aux yeux des spectateurs, mais en fait elle s'affaissait, privée de tout appui, et cela sur trois cents mètres de long. La chute s'accéléra d'un coup, une vague parcourut la façade qui se brisa en des dizaines de blocs alors qu'un lourd nuage blanc naissait du sol. Le béton disparut dans la poussière en suspension.

3.

Depuis un mois, la noria des bennes empruntait le ballast de l'ancienne voie de chemin de fer industriel qu'on avait débarrassée de ses rails et de ses traverses. La piste arrivait pratiquement en face du Stade de France autour duquel on édifiait des cités de hauteur moyenne pour loger les couches intermédiaires. Les camions s'engageaient sur un promontoire, en marche arrière et, leurs vérins poussés à fond la caisse, déversaient les restes de la barre Le Corbusier sur des barges qui s'enfonçaient peu à peu dans les eaux noires du canal Saint-Denis. Deux fois par jour un toueur remorquait les péniches pleines vers un chantier d'autoroute de la grande périphérie où les éclats de banlieue servaient à ériger des murs antibruit. Sur place, la montagne de déblais se résumait maintenant à une petite butte que les griffes des bulldozers attaquaient de tous côtés. D'autres équipes foraient les cloisons des caves, éclataient les piles des fondations, déterraient les canalisations qu'un scraper équipé d'un filin arrachait au sol. Un ouvrier africain dont c'était le premier jour de travail, lâcha son marteau-piqueur et s'éjecta soudain d'une des cavités. Il traversa l'esplanade en hurlant :

— Chef, chef, chef…

jusqu'à ce qu'il se plante devant les algecos qui servaient de bureaux aux démolisseurs.

— Qu'est-ce qui se passe ? Pourquoi tu gueules comme ça !

Il tendit le bras vers l'endroit d'où il venait.

— Viens voir… C'est là-bas, viens voir…

Le contremaître rentra brièvement dans la cabane pour prendre son casque et emboîta le pas de l'ouvrier. Il s'approcha le plus possible du trou béant, inspecta les maçonneries détruites.

— Je ne vois rien…

— Il faut que tu descendes… C'est dans le coin, après la cage de l'ascenseur, à l'entrée de la chaufferie… Je ne veux toucher à rien…

Le chef se décida à emprunter l'échelle de fer et s'enfonça dans l'antre, malgré sa corpulence. À moitié bloqué sous une plaque de béton, un corps gisait au milieu du halo de lumière jaune qui tombait d'une ampoule nue.

— Oh, merde ! Qu'est-ce qu'il fout là, ce connard !

Il s'appuya sur le bord d'une cuve cabossée pour réfléchir.

— Tu remontes et tu ne dis rien à personne… On va neutraliser le secteur pour le moment. Tu as des papiers, tu es en règle ?

L'Africain remua la tête de droite à gauche.

— Non. Je commence de ce matin… Je connais bien le marteau-piqueur. C'est mon cousin qui m'a emmené…

— Je m'en doutais. Bon, on va passer au bureau et je m'arrangerai pour qu'on te paye toute ta semaine. Ensuite tu disparais. Tu n'as rien vu, tu n'étais pas là. D'accord ?

— Je fais ce que tu me dis, chef.

4.

Le plus simple, pour rejoindre Courvilliers, c'était de tomber sur le tracé du tram et le suivre dans le

bon sens, vers son terminus de la gare de Saint-Denis. Drovic avait croisé les rails en face de l'hôpital
franco-musulman, et il s'était amusé à rouler en parallèle d'une des rames, la main sur le levier de vi-
tesses, profitant, aux carrefours, des feux verts
synchronisés. Avant de se lasser. Il avait lancé le
gyrophare et la sirène, écrasé la pédale d'accéléra-
tion et regardé le tramway se rapetisser dans le ré-
troviseur. Après le carrefour des Six-Routes, il
avait laissé de la gomme sur l'asphalte en contour-
nant le fort avancé des fortifications de Thiers, puis
longé les murs ocre de la caserne de gendarmerie
pour venir se garer devant les palissades tordues
par l'explosion de ce qu'elles dissimulaient. Un
nuage noir obscurcissait l'horizon. Il était déjà venu
là, une quinzaine d'années plus tôt, pour deux ou
trois affaires, mais plus rien ne cadrait, dans le paysage, avec ses souvenirs. Il se hissa sur la pointe des
pieds pour essayer de retrouver le centre commercial, le magasin transformé en salle de spectacles,
les coursives. Son regard ricocha sur une suite de
rideaux de fer baissés dont il était clair que plus
personne ne possédait la clef. Un môme flingué par
un cafetier, un autre abattu par un prolo réveillé en
sursaut, une épidémie d'overdoses. Les photos
d'identité judiciaire défilaient dans sa tête, précises
et sordides, comme sorties de l'album de famille
d'un psychopathe. Il enjamba le talus alors que les
rafales de vent rabattaient les premières lignes d'eau
de l'averse. Les gouttes éclataient sur la terre mé-

langée au plâtre, formant des centaines de minuscules cratères laiteux. Il hâta le pas en direction des
baraques de chantier, pour se mettre à l'abri, le
temps que le nuage passe. Les deux hommes qui
étaient assis dans la pièce se turent quand il poussa
la porte. Il les dévisagea avant de se présenter.

— Commissaire Drovic…

Il s'entendit soupirer après l'énoncé de son nom
et se demanda une nouvelle fois depuis quand il
avait pris cette habitude de dire sa lassitude.

— On a reçu un coup de fil tout à l'heure… Il y
a eu un accident d'après ce que j'ai compris…

Le contremaître prit appui des deux mains sur le
rebord du bureau métallique pour soulever sa carcasse.

— Oui, apparemment… Un type était resté planqué dans les sous-sols… Il a pris vingt étages sur le
coin de la gueule… C'est là-bas, derrière le dernier
tas…

Il lui tendit un ciré orange décroché d'une patère
branlante.

— Mettez ça, j'ai l'impression qu'on en a pour
un bout de temps avec la flotte.

Ils avaient piétiné dans la boue naissante jusqu'à
l'excavation, puis ils avaient emprunté l'échelle de
fer. Drovic s'était accroupi près de ce qui était visible du corps.

— C'est vous qui l'avez découvert ?

Le contremaître s'était essuyé le visage avec un
mouchoir à gros carreaux avant de répondre.

— Oui, j'inspecte toujours les lieux avant d'envoyer mes gars… Il dépassait de sous la dalle… Je me suis juste baissé pour constater qu'il était mort… Rien n'a bougé…

Drovic s'était relevé pour allumer une Gitane blanche. Il aspira longuement la première bouffée et tout en recrachant la fumée il débarrassa ses lèvres et le bout de sa langue des débris de tabac.

— Ça arrive souvent, ce genre de surprise ?

— Vous rigolez ! Jamais ! Au cours des cinq dernières années, j'ai implosé une bonne centaine de bâtiments, du logement, de l'usine, et c'est le premier qu'on trouve habité… On vérifie tout avant la mise à feu, des fois que des gosses s'amuseraient à se faire peur…

Le commissaire agrippa un barreau de l'échelle.

— Le légiste et l'identité judiciaire ne vont pas tarder à se pointer… Si vous pouviez accrocher un filin pour soulever la plaque, ça leur faciliterait la tâche…

5.

Accoudé au bar du *Pont Tournant*, devant une bière tchèque, Drovic consulta le message que le lieutenant Pétriat avait laissé sur son répondeur. Le cadavre était celui d'un adulte de type européen âgé d'une vingtaine d'années, brun, yeux bleus, d'une taille d'un mètre quatre-vingts. Le torse avait été aplati pour moitié par le bloc de béton, mais la partie intacte comportait une blessure qui correspondait à l'impact d'une balle.

— Goubert a ramassé les morceaux et il m'a promis de passer la soirée dans la marmelade. La mort date d'un bon mois. J'expertise les vêtements, les chaussures, le contenu de ses poches… Vous aurez le rapport demain matin à la première heure.

Il résista à l'envie de commander un autre demi, mais ne trouva pas celle de prendre le chemin de son appartement. Il ne supportait plus de vivre au milieu de tous les morts de la famille, de longer la galerie des portraits, dans le couloir, de manger face aux moustaches du beau-père dressées comme des portemanteaux dans leur cadre doré, sur le buffet. Il avait quelquefois le sentiment d'habiter au Père-Lachaise. Les morts des autres, ça n'était pas pareil. Il ne connaissait pas leur histoire, du moins au début. Jamais dans le regret de ce qu'ils auraient pu être. Il fallait reconstituer leurs instants ultimes, leur élever un monument d'attentions pour percer le mystère de l'anéantissement. Leur rendre hommage. Les autres, les proches, on était toujours dans le reproche. Il laissa la voiture garée de traviole sur la place, après avoir pris son sac de sport dans le coffre, et traversa l'avenue pour longer le canal de l'Ourcq. Une odeur de vase fermentée lui emplit les narines. Il bloqua sa respiration comme s'il avait inhalé de l'ammoniac. La voie d'eau était au chômage, et seules subsistaient quelques flaques grossies par l'averse du début d'après-midi. Des gamins jouaient autour d'une carcasse engoncée dans une gangue de terre brune, et de loin en loin ce n'étaient qu'abandons de cadres de vélos, de mobylettes désossées, de frigidaires, de caddies prélevés sur les parkings des supermarchés. La puanteur avait réveillé un nouveau souvenir, celui du corps gonflé d'une gamine retrouvé un peu plus haut, le long du parc de la Poudrerie. Pendant longtemps, il s'était demandé comment la guinguette du secteur, où il avait eu ses habitudes, pouvait vanter sur l'ardoise des plats du jour sa « friture du canal ». En temps normal, il aurait poussé jusqu'aux Moulins, mais là il ressentait un impérieux besoin de se laver de la poussière, des remugles, de ne plus penser qu'à la quantité d'air qui emplissait ses poumons. Il entra dans le hall du bâtiment en brique rouge, paya au guichet, s'enferma dans une des cabines de la galerie pour se mettre en tenue. Une minute plus tard, il plongeait dans les eaux chlorées et tentait de faire la plus grande partie de la longueur de bassin sans remonter à la surface. Il suffoqua bien avant d'arriver au premier tiers, se mit à tousser jusqu'à ce qu'il touche le bord opposé. Tonio, le maître nageur, se leva de sa chaise pour lui tendre la main.

— Allez viens, Drovic… Je te l'ai souvent dit : les clopes ça se paye deux fois : la première fois au bureau de tabac et ensuite à l'entraînement !

— Tu ne vas pas t'y mettre à ton tour : je viens à

la piscine pour me détendre, pas pour me faire engueuler. Sinon, je reste à la maison.

— Si tu as tes nerfs, je te conseille un petit mas-
sage… On vient de toucher une petite kiné en
remplacement de l'attendrisseur. Tu veux que je te
pistonne ?

Il y avait une fête, vers le bassin de la Villette. Il
se laissa attirer par les notes acidulées d'un orgue
de Barbarie :

Mais voici la nuit sombre, sur les bords du canal,
Je vois glisser une ombre, j'entends comme un
*   signal,*
Au ciel pas une étoile. Bourgeois rentrez chez vous,
La lune a mis son voile, c'est l'heure des filous.

6.

Rien qu'en passant il pouvait dire, sans grand
risque de se tromper, ce qui avait fait échouer chaque spécimen d'humanité matinale sur les bancs,
les chaises bancales disposés face aux niches des
inspecteurs. Ça gueulait d'un peu partout, des
pleurs, des coups, des hurlements de détresse. Ils
étaient pas mal, ici, à savoir qu'ils faisaient un sale
boulot, alors ils le faisaient salement. La flotte lui
récurait les sinus. Après chaque séance d'entraînement il avait le goût chamboulé. Les odeurs mêlées
de tabac froid, de sueur, de crésyl, de café, l'écœu-

raient. Il lui fallait griller une dizaine de blanches pour se remettre à niveau. Quand il entra dans son bureau, le lieutenant Pétriat tapait comme un sourd, mais la victime était seulement son clavier d'ordinateur.

— Vous voulez un café, patron ?

— Non… je vais essayer de me remettre à fumer… Tu as du nouveau ?

Il préleva une feuille dans la recette de l'imprimante.

— J'ai reçu une note de Goubert juste avant que vous n'arriviez…

— Il a remis les pièces du puzzle en place ?

— Pas encore. Il a retrouvé une balle de 7.65 dans la rate du client, tirée à deux ou trois mètres, et une autre dans le crâne qui est entrée par la nuque… Traces de poudre sur la chemise, la peau, les cheveux : les classiques du coup de grâce… Le type avait la gueule écrasée, un magma… J'ai envoyé le jeu d'empreintes au fichier central.

Drovic feuilleta les pages départementales du *Parisien*. Un habitant de Montreuil avait déposé un brevet pour un carburant de son invention. Avec la biomasse issue de soixante kilos de bananes plantains pourries, il avait réussi à produire assez d'énergie pour faire tourner le moteur d'un ventilateur pendant trois jours et trois nuits.

— Tiens, on dirait qu'ils sont passés à côté de l'info cette fois… Tu as eu le temps d'interroger le fichier des disparus ?

Pétriat eut un regard pour son écran.

— Je terminais l'inventaire… Tout est là, il y a une dizaine de fiches rien que pour la cité du Corbusier. Autant pour le reste de Courvilliers. J'ai tiré le paquet ainsi que les photos.

Le commissaire les étala devant lui.

— Fugue, recherche dans l'intérêt des familles, camé en galère, rupture de contrôle judiciaire, libéré conditionnel dans la nature… C'est pas sorcier, il va falloir se les cogner, l'un après l'autre. Sors la corde de rappel, on va faire les étages !

— Vous ne pouvez pas savoir combien ça me met en joie… Rien qu'à y penser j'ai déjà l'odeur pisseuse des ascenseurs dans le nez !

— Occupe-toi de ce tas-là, je contrôle le reste… Prends les escaliers si tu as l'odorat sensible.

7.

Drovic avait déposé son adjoint au pied de la tour centrale de ce qui restait de la cité puis il avait attendu qu'il soit happé par l'un de ces ascenseurs qu'il redoutait tant. Le commissaire s'était alors dirigé vers le *Celtic*, de l'autre côté du boulevard. Deux types d'une quarantaine d'années jouaient aux dés, installés au bout du comptoir. Il les avait observés, en sirotant sa bière avant de s'approcher.

— Je peux entrer dans la danse ?

Celui qui serrait une pipe éteinte entre ses dents s'était penché vers lui.

— Je m'appelle Serge, lui c'est Fredo... Cent balles la partie, ça ne te fait pas peur ?

— Je n'aime pas travailler pour rien. Tu lances...

Le dénommé Serge avait aligné trois 6 et annoncé « sec ». Drovic avait lancé les dés sur la piste, à la suite.

— 4.31... Je ne suis pas tombé loin... C'était drôlement impressionnant le tas de cailloux quand c'est tombé...

Fred s'empara des cubes sur lesquels il avait soufflé en agitant le poing.

— Oui, ça dégage la vue... Maintenant je peux voir l'autoroute...

— Il n'y a pas que la vue qui a dégagé, une bonne partie de la racaille aussi...

— Arrête... Les trois quarts des mômes n'ont pas de boulot, les plus vernis se font entuber par MacDo ou Disney... Tu te grefferais une paire d'oreilles, toi, pour toucher le minimum ! Alors, tu vois... C'était pas la zone quand on est arrivés des Francs-Moisins... Ma mère a vu les immeubles monter, depuis sa baraque, dans le bidonville... Elle disait que c'était des palais pour les riches... Dix ans plus tard, on posait nos valises dans la galerie des Glaces... Tu te rappelles, Sergio ? Tant qu'il y avait du taf, on était au paradis...

Sergio distribua les fiches, fit rouler les dés pour la seconde fois.

— Sauf que j'ai fait le caté, aube blanche et tout le saint-frusquin… Le curé nous disait que rien n'est plus près du paradis que l'enfer. Ce qui me choque, même si je suis d'accord qu'il fallait les bazarder, c'est qu'ils flinguent des piaules alors qu'on ne peut pas faire un pas dans Paris sans tomber sur un type jeté à la rue. Je ne dis pas que la solution c'était de les mettre tous ici, mais à vue de nez, il y a un problème. Vous ne croyez pas ?

Drovic avait d'abord acquiescé puis il avait joué. Et perdu. Ensuite, ça avait été la litanie, se faire renvoyer de gardienne en concierge, montrer sa carte de flic, attendre une réponse plus ou moins aimable, réveiller l'ulcère en entendant des pipelettes énoncer les patronymes de tous ceux qu'elles haïssaient, qu'il faudrait, fissa, renvoyer dans leur pays d'origine. La journée avait fini par filer, le ciel par se lasser de pisser. Il était rentré, sans l'ombre d'une piste, seulement quelques noms rayés sur la liste. Catherine retapissait la salle à manger, et le couvert était mis sur le formica à rallonges, dans la cuisine. Il avait effleuré sa joue de ses lèvres, au passage.

— Ils ont parlé de ton copain Dubreuil, aux actualités régionales…

Drovic saisit la bouteille de vin.

— Il est toujours à Roissy, à la Police de l'air et des frontières ?

— Non, il a pris une chambre à la Santé… Trafic de matériel vidéo, de décodeurs, d'ordinateurs…

Le home-cinéma, mon cadeau d'anniversaire, c'est lui ? Pourquoi tu ne réponds pas !

Il avait vidé son verre, d'un trait, et s'était levé en repoussant son assiette.

— Qu'est-ce que tu veux que je te dise ? Si après vingt piges de vie commune tu crois que je joue dans cette catégorie, il ne reste plus qu'à tirer le rideau.

Il s'était allongé, habillé, dans la chambre de leur fils qui s'arrangeait toujours pour téléphoner quand son père n'était pas là. Depuis qu'il avait appris à les transférer sur son portable, Drovic se repassait les messages en boucle.

8.

Pétriat, veste tombée, manches relevées, remplaçait les cartouches d'encre de l'imprimante quand Drovic poussa la porte du bureau. Il remit le capot en place et posa une fesse sur l'accoudoir du fauteuil.

— Ça fait longtemps que vous le connaissez, Goubert ?

— Je l'ai vu arriver de la fac de médecine, imberbe et homo. Les seules filles à poil qu'il voyait, c'étaient celles qu'on mettait sur sa table, réfrigérées…

— Il vous aime vraiment bien…

Drovic plaça un gobelet sous le goutte-à-goutte de la machine à café.

— On s'est rencontrés rue de Rennes, chez Tati, un jour de forte affluence où des terroristes venaient de balancer une bombe... On piétinait dans le gluant, c'est un peu comme si on avait combattu ensemble dans les tranchées. L'horreur, ça ressemble à l'amour : on y pense toujours même quand c'est fini depuis longtemps... Pourquoi tu me poses ce genre de questions ?

— C'est rare qu'un légiste passe la moitié de la nuit sur son ordinateur. Il a rentré toutes les données concernant le cadavre du Corbusier dans un logiciel d'anatomie en trois dimensions. La bécane efface les coups, recolle les os, replace les nerfs, remet de la chair, retend la peau... Au final, on dirait la photo d'un minet de la *Star Academy...*

— Tu l'as comparée avec toutes celles des disparus ?

Pétriat prit la petite pile de tirages.

— Oui, et il n'y en a aucune qui corresponde.

Une demi-heure plus tard, ils débarquaient sur le chantier. Il ne restait pratiquement plus rien des débris de la barre et le contremaître guidait un ouvrier occupé à faire grimper l'un des bulldozers sur un camion à plate-forme. Drovic se porta à sa hauteur.

— On dirait que vous avez mis les bouchées doubles...

— Je ne vois pas l'intérêt de s'éterniser... On a un autre gros boulot aux Tarterêts, un quartier de Corbeil... Je laisse cinq gars sur place, pour net-

toyer les fondations. Et vous, de votre côté, ça
avance ?

— À un rythme d'enfer... Vous avez déjà vu
cette tête-là quelque part ?

Il lui mit sous le nez un tirage en réduction.

— C'est un suspect ?

Drovic alluma une toute cousue.

— Je n'en sais rien... Je veux simplement savoir,
pour le moment, si sa tronche vous dit quelque
chose, et j'aimerais bien disposer de la liste de tous
les ouvriers qui ont bossé ici, pour l'explosion et
pour le déblaiement. L'un d'eux l'a peut-être
croisé...

— Je vous la faxe en fin de matinée, mais à mon
avis, ça ne servira pas à grand-chose...

Ce fut Pétriat qui réagit le premier.

— Comment pouvez-vous en être si sûr...

— Ce n'est pas le même monde, ils ont des palu-
ches comme des pelles...

Le lieutenant ne lui laissa pas le temps de finir sa
phrase.

— Quand on est flic, on prend vite l'habitude de
ne pas se fier aux apparences. Je connais un petit
râblé, dans mon quartier, qui pose du carrelage au kilomètre toute la semaine. Le samedi soir, il chante
La Grande Zoa chez Michou, maquillé en madame
Régine...

Drovic se pencha vers lui quand ils s'éloignèrent
pour récupérer la voiture.

— Tu y vas souvent chez Michou ?

— Non. De temps en temps…

Ils marchèrent en silence, sur une dizaine de mètres.

— Ne me dis pas que toi aussi…

Pétriat haussa les épaules.

— Où est-ce que vous êtes allé chercher ça ! C'est pour le spectacle, rien que pour le spectacle…

Aux oreilles de Drovic, ça n'avait pas sonné très convaincant. Il avait éludé.

— Tu n'as qu'à rentrer à la préfecture, moi je vais tourner encore un peu dans le coin. Je prendrai le tram.

9.

Un Antillais s'affairait à l'intérieur d'une fourgonnette posée sur cales et dont une partie de la carrosserie avait été découpée pour aménager une cuisine. Un panneau annonçait qu'on pouvait déguster du boudin, des brochettes, des acras et des frites. L'odeur d'huile à la torture disait de son côté qu'il valait mieux passer son chemin. Drovic traversait l'esplanade du groupe scolaire Léo-Ferré quand les gamins jaillirent en hordes hurlantes. Il se fit la réflexion, en regardant les chaussures qui battaient l'asphalte, qu'il aurait dû se lancer dans le commerce des baskets. Quand il avait leur âge, il devait se contenter des brodequins distribués par le « vestiaire municipal » aux familles nécessiteu-

ses. Et des shorts longs en toile rêche qui s'arrê-
taient sous le genou. Il avait pratiquement menacé
sa mère de grève de la faim, on aurait parlé
aujourd'hui d'un début d'anorexie, afin qu'elle lui
achète un pantalon pour son douzième anniversaire.
Il baissa les yeux en sentant qu'on tirait sur le bas
de sa veste. Un môme, cartable sanglé sur le dos le
dévisageait.

— Qu'est-ce que tu veux ?

— Rien… je voulais savoir si vous l'aviez arrêté,
le tueur ?

Drovic s'était légèrement accroupi.

— Quel tueur ? De quoi tu parles ?

— Tout le monde le sait, même si c'est pas passé
à la télé… Ils ont retrouvé un cadavre dans les
caves du Corbu…

— Et pourquoi tu me demandes ça à moi ?

Le visage du gosse s'éclaira d'un sourire.

— Je vous ai vu sur le chantier hier et vous êtes
passé poser des questions à ma mère… Elle est
concierge du Mail de Cluny… N'importe comment,
même sans ça, on vous reconnaît…

Le commissaire se redressa et lui montra un
banc, en bordure de la pelouse.

— On peut aller s'asseoir une minute… Tu peux
m'expliquer à quoi on me reconnaît, ça peut me
rendre service…

— Le problème, c'est que ça ne s'explique pas…
Ce n'est pas vous qu'on reconnaît, c'est le métier

que vous faites… Vous le portez sur vous. Les schmitts, on a un sixième sens pour les détecter…

Drovic éclata de rire.

— Ce n'est pas possible ! Les schmitts ! Tu as bien dit les schmitts ? Pas les keufs, pas les flics, pas les poulets, pas les Roycos, pas les cognes, pas les kébours, non, les schmitts ! Celle-là, je ne l'avais plus entendue depuis au moins vingt ans… Ça me rajeunit. Vous ne nous aimez pas beaucoup dans le coin…

— Un par un, c'est supportable…

— Imagine que tu sois à ma place, que tu cherches à comprendre pourquoi ce type s'est payé une place au premier rang pour voir l'implosion de la barre, où est-ce que tu te dirigerais ?

Le gamin planta son regard dans celui du policier et y décela sûrement assez d'humanité pour répondre à la sollicitation.

— J'irais manger un tajine chez Mounia, et si je n'apprenais rien ce ne serait pas grave, je me serais rempli le ventre. C'est après la cité, en allant à la gare, pas loin de la place Rouge.

— La place Rouge ! Je ne suis pas arrivé, il y a une drôle de trotte jusqu'à Moscou…

— On l'appelle comme ça à cause du goudron rouge qu'ils ont mis par terre.

Puis il se leva et partit en courant.

IO.

Il valait mieux connaître. Il fallait prendre une petite rue qui partait en sifflet vers les dernières parcelles maraîchères. Deux ou trois cuves de récupération des eaux de pluie, rouillées, noircies, dépassaient des murs en plâtre derrière lesquels on avait cultivé du chou, du poireau, de la carotte, de la laitue, une éternité plus tôt. Le restaurant avait été aménagé en retrait, dans un ancien garage dont le nom du propriétaire, Milet, était toujours inscrit à la peinture noire au-dessus du long boîtier où s'enroulait le rideau de fer. Drovic s'approcha de la fenêtre pour voir une dizaine de personnes installées sur des canapés marocains chamarrés autour de tables mi-basses. Il poussa la porte, faisant tinter un carillon aux sonorités asiatiques. Il se dirigea vers le bar où une Africaine en boubou bleu éclairé d'un soleil orange emplissait une suite d'assiettes de riz et de viande qu'elle allait prendre à la louche dans une bassine fumante. Puis elle nappait de sauce.

— Ça a l'air bon… En tout cas l'odeur, c'est réussi comme bande-annonce…

Elle lui jeta un regard amusé, sans interrompre son travail.

— Vous voulez manger ? C'est du colombo… Je préfère vous prévenir, il y a du porc dedans. Sinon, j'ai aussi du capitaine, du mafé, du couscous berbère, aux œufs et aux haricots verts, des omelettes... Comme boisson, des sodas, de l'eau ou du thé. On n'a pas de licence...

Il eut un mouvement de menton vers la file d'assiettes qu'une serveuse chinoise commençait à emmener vers les tables.

— Le colombo, c'est impeccable : ça me rappellera le feuilleton. Avec, je prendrai du thé vert.

— Allez vous asseoir, je viendrai vous servir. Si vous pouvez vous mettre à la petite table, là, avec Amara, ça me rendrait service. L'équipe du Développement social des quartiers a réservé tout le reste, et ils ne vont pas tarder à débarquer...

Drovic s'était installé sur la banquette, à côté du dénommé Amara qui tartinait sa semoule sèche, consciencieusement, d'une redoutable confiture de piment piochée dans un gros pot de Nescafé.

— Bon appétit...

— Merci.

Le commissaire piqua une olive noire à l'aide d'un cure-dent.

— J'habite le secteur, mais je ne connaissais pas l'adresse... Il y a longtemps que ça existe ?

— Presque un an... C'est les femmes de la cité qui en ont eu l'idée et qui se sont associées. Avant, elles travaillaient dans le ménage ou la couture, pas déclarées et toujours à se faire engueuler par les patrons. Là, d'après ce qu'elles disent, elles partagent, elles gagnent pareil, sauf qu'elles sont chez elles... Elles font des mariages, aussi...

Ce fut l'Africaine, un port de princesse, qui lui apporta son plat. Il l'observa, fasciné par les ondulations du soleil sur le boubou, tout en se laissant envahir par les parfums d'or du colombo.

— On est tout de suite ailleurs… Vous travaillez dans quoi ?

— Je suis à mon compte. J'ai pris la suite de mon cousin. J'ai une mobylette avec une remorque, une échelle, des raclettes, des peaux de chamois, des produits d'entretien. Je fais les carreaux… Et vous ?

La fourchette chargée de riz jaune s'immobilisa devant sa bouche.

— Je pointais chez Rateau, après les Quatre-Routes. Je bossais sur les turbines. Ils m'ont mis en préretraite… Vous prenez un café, je vous l'offre…

— C'est gentil, et après je file… Avec l'explosion de la barre, j'ai deux fois plus de boulot qu'avant, à cause de toute la poussière qui retombe…

Drovic profita du moment où la serveuse chinoise apportait les tasses pour sortir son portefeuille, à la recherche d'un billet de vingt euros. La photo du mort, yeux ouverts, retravaillée par Goubert, glissa sur la table. Il la ramassa tout en remarquant l'air étonné du laveur de carreaux.

— C'est mon neveu… Enfin un de mes neveux, le premier… Le fils de ma sœur aînée… Un chouette môme…

— Ludovic, c'est votre neveu ? On se connaît un peu…

Le commissaire plongea la main dans sa poche pour prendre ses sucrettes et en fit tomber sur la mousse crémeuse de son café. Il observa son engloutissement puis se saisit de sa cuiller.

— Ludovic ? Non, il ne s'appelle pas Ludovic… Mon neveu, c'est Jean-Pierre. Ma sœur lui a donné le prénom de notre père…

— C'est incroyable ce qu'il ressemble à Ludovic… Un vrai sosie… Mieux que tous ceux qui se prennent pour Johnny Hallyday ou Claude François, à la télé…

— Et c'est Ludovic comment ?

— Hakcha, Ludovic Hakcha… Je crois que son père était algérien.

Drovic avala une gorgée, remit une sucrette. Il posa sa question d'un air dégagé.

— J'aimerais bien le rencontrer ce Ludovic… Il est de par ici… Qu'est-ce qu'il fait dans la vie ?

— Des petits boulots, comme tout le monde… À un moment, il était vigile dans un fast-food, en face du Stade de France… La dernière fois, je suis tombé sur lui par hasard. Il y a un peu plus d'un mois. Il était derrière le guichet d'une agence de voyages du quartier de la mairie, à Aubervilliers. L'agence Cormoran. J'étais de l'autre côté, sur la rue, en train de nettoyer la devanture. Je la fais tous les trois mois. Il avait du monde, on n'a pas pu se parler…

I I.

Il délaissa le bus et choisit de rejoindre le cœur de la cité voisine à pied, pour digérer. Une escouade de CRS procédait à un contrôle d'identité massif sous les voûtes de la gare du RER. Tous les porteurs de casquettes, de jeans bouffants, qui passaient dans leur champ de vision se retrouvaient jambes écartées, le cul saillant, les mains plaquées sur la mosaïque gris-bleu des piliers. Ils laissèrent passer deux pâtissiers qui sortaient de l'usine de gâteaux en portant une imposante pièce montée, des choux par dizaines, jointés au caramel dur et à la chantilly. Des images de films de gangsters s'animèrent sous le crâne de Drovic tandis que les mitrons s'éloignaient : c'était là, sous la pâte, que la coke se planquait à moins que ce ne soit la sulfateuse mortelle. La rue du Moutier avait dû être florissante, trente ans plus tôt, mais la concurrence des super, des hyper, des méga, lui avait été fatale. L'ancien cinéma abritait les effectifs de la nouvelle police municipale. Des cadeaux qu'on ne s'offrait plus depuis des générations prenaient la poussière derrière les grilles à jamais fermées des Galeries Modernes, les vitres des Chaussures Mailly servaient de terrain à la guerre des affiches de spectacles, du blanc d'Espagne recouvrait la devanture des Meubles Jeantet tandis que des planches protégeaient celle, brisée, de la crêperie Karmanec. Le néon de l'agence Cormoran lançait ses appels d'un peu plus bas, en allant vers le canal, dans la partie de la rue qui reprenait des couleurs grâce au nouveau quartier en accession à la propriété et à l'implantation d'un lycée dédié à Rosa Luxemburg. Coincée entre une boutique d'appels téléphoniques à prix cassés et un antique café-tabac toujours tenu par un Auvergnat, le magasin vantait encore les charmes de la Grèce olympique bien que la flamme se soit éteinte depuis des mois. Du réchauffé. Il fallait vraiment être au bout du rouleau pour venir s'acheter du rêve dans un endroit pareil. Drovic poussa la porte et il attendit en feuilletant un catalogue de sports d'hiver que la femme d'une quarantaine d'années qui était assise derrière le bureau repose son téléphone.

— Commissaire Drovic de la police judiciaire… J'enquête sur la disparition d'un certain Ludovic Hakcha. D'après certains de nos renseignements, il aurait travaillé dans cette agence. Vous êtes employée, vous aussi ?

— Non, je suis la gérante… Vous dites qu'il aurait disparu… c'est bien ça ?

Il dressa l'oreille en reconnaissant un léger accent slave qui lui rappela celui que sa mère n'était jamais parvenue à masquer, malgré ses efforts.

— Je vous demande s'il a travaillé ici, c'est assez clair ?

Elle tira une cigarette effilée d'un paquet posé devant elle, l'alluma.

— Oui, il a tenu le guichet pendant plus d'un trimestre. Il y a un mois environ, il a demandé son compte en nous disant qu'il avait trouvé mieux... Je lui ai tout préparé, son chèque, son certificat, mais il n'est jamais venu les chercher... Ils sont encore dans le tiroir.

— Ce n'est pas banal de laisser de l'argent derrière soi. À son âge, on racle les fonds de tiroirs. Ça ne vous a pas paru bizarre ?

— Avec les jeunes, maintenant, on ne trouve plus rien bizarre, c'est quand ils sont normaux qu'on s'inquiète. Je peux vous remettre son enveloppe, pour lui donner, quand vous le retrouverez...

— Là où il est, il n'en a plus besoin. On a sorti son cadavre de sous la barre qu'ils ont fait exploser à Courvilliers, le mois dernier. Il est mort écrasé sous une dalle de béton.

Elle écrasa sa cigarette à demi consumée dans un cendrier sur pied.

— Oh mon dieu !

— Il est arrivé ici comment, par connaissance ?

— Non, j'avais passé une annonce dans le journal gratuit du département, pour remplacer mon ancienne vendeuse qui venait d'avoir des jumeaux. Je ne cherchais pas un homme, mais Ludovic était le plus doué de tous ceux qui se sont présentés. Il se débrouillait très bien en informatique, et aujourd'hui, les clients choisissent leur destination sur écran, ils veulent voir à quoi ressemble leur hôtel, la place...

Un peu comme s'ils développaient leurs photos de vacances avant de prendre l'avion…

12.

En sortant de l'agence Cormoran, Drovic avait acheté un paquet de Gitanes sans filtre au tabac puis il avait poussé jusqu'aux berges du canal Saint-Denis qu'on aménageait en promenade et en piste cyclable. Des panneaux pédagogiques finan- cés par une quelconque société d'Histoire étaient disposés de loin en loin et rappelaient aux passants que tel immeuble étroit qui fendait l'espace à la manière d'une lame de rasoir avait été immortalisé par Robert Doisneau, que telle usine à la cheminée trapue figurait dans un film d'Éli Lotar scénarisé par Prévert, que Guy Debord avait écrit le premier Manifeste situationniste dans un troquet espagnol du bidonville établi alors sur le chemin de halage, que le colonel Fabien avait une planque dans ce ma- quis urbain… Les accords binaires d'un rock basi- que attirèrent son attention. Le son s'échappait d'un minuscule café caché en retrait, dans une des im- passes qui butaient sur le canal. Il avait accordé un dernier sursis à la musique de sa jeunesse en décou- vrant Nirvana, et avait définitivement décroché à la mort de Kurt Cobain. Ce qui le faisait vibrer, là, c'était la langue. Il se baissa pour franchir la porte basse du *Beograd* et s'installa au bar.

— *Dobar dan…*

Le patron lui retourna son bonjour sans même le regarder.

— Il est comment votre café ?

— Une vraie purée…

— Alors vous m'en tirez une tasse… Le morceau que vous passez, c'est de qui ?

— Riblja Corba… Des frères… Vous n'êtes pas né là-bas… Je me trompe ?

Drovic attendit d'être servi.

— Non, et je sais que ça s'entend : je n'ai pas assez de cailloux dans la bouche. Mes parents sont venus en France avant la guerre.

— Laquelle ?

— C'est vrai qu'il faut préciser… Celle de quarante. Ils étaient de Kotor, mais il ne reste rien de leur passage après le tremblement de terre.

Le barman fit jaillir son briquet quand Drovic se planta une cigarette entre les lèvres.

— Moi de Dubrovnik, et j'aurais préféré qu'elle subisse le même sort plutôt que de tomber entre les mains de ces chiens.

Drovic ne put retenir une grimace quand il avala la première gorgée de café plâtré.

— On ne reviendra pas sur le passé, ou alors on aura le cœur qui hurlera encore plus fort que le chanteur de Riblja Corba… Il y a beaucoup de compatriotes dans le secteur ?

— De plus en plus : ils sont pris à la gorge au pays… Sans compter que tous les ateliers de confection et de travail du cuir de Paris se replient sur la banlieue. Si ça continue, c'est ici qu'on proclamera la véritable république serbe !

13.

Le commissaire s'accouda à la rambarde de la passerelle des Vertus pour observer le passage dans les sas de l'écluse d'une péniche qui arborait un drapeau breton. De l'autre côté du canal, jusqu'à Paris, on avait fait table rase, les engins de chantier avaient rasé une partie des Magasins Généraux, des vieux entrepôts et un nouveau quartier allait naître le long des darses. Une gamine souleva le rideau du poste de pilotage et lui fit un sourire. Il agita la main dans sa direction et déplia son portable. Il composa le numéro du bureau tandis que la *Malouine* s'enfonçait dans les eaux noires.

— Allô, Pétriat... Tu as de quoi noter ?

— Qu'est-ce que c'est que ce boucan, patron... Je vous entends mal...

— Je suis devant un ascenseur... Le type éparpillé du Corbusier s'appelle Ludovic Hakcha, j'épelle *h-a-k-c-h-a*. C'est bon ?

Il perçut le bruit de la frappe de Pétriat sur les touches du clavier.

— Oui, vous pouvez continuer.

— Quelques jours avant de se faire plomber, il bossait dans une agence de voyages de la rue du

Moutier, à Aubervilliers, l'agence Cormoran. Tu jettes un œil à cette boîte, date de création, gérance, situation financière. J'ai pu voir sa fiche d'embauche. Il est né le 23 mai 1981 à Saint-Denis, célibataire, dernier domicile connu, le 12 de la rue Chardavoine, à Stains.

— Il devait vivre seul, sinon quelqu'un aurait porté le pet…

— On verra. Tu donnes tout ça à manger à tes petites machines et tu leur demandes la totale. Je repasse un coup de fil en fin d'après-midi.

Drovic s'arracha au spectacle du mouvement des vannes. Il remonta le long des derniers docks, vers la Villette jusqu'à la jonction du canal Saint-Denis avec celui de l'Ourcq. Il traversa les anciens abattoirs en cherchant des yeux l'échaudoir où, à ses débuts, il avait arrêté un tueur de bœufs, un manieur de merlin, qui avait entreposé le cadavre de sa maîtresse parmi les carcasses animales et qui la débitait discrètement jour après jour. Le corps avait disparu sans problème, mais il avait buté, comme souvent, sur l'escamotage de la tête. La masse géométrique des moulins de Pantin barrait l'horizon. Une immense affiche plaquée sur le ciment d'un silo à grains annonçait la prochaine transformation de l'architecture château fort en bureaux paysagés, en lofts. Il accéléra le pas. Dix minutes plus tard, il payait son ticket d'entrée à la piscine avec un supplément pour la location d'un maillot et d'une serviette. Il se présenta au bout du plongeoir, prit son élan et exécuta un saut de l'ange impeccable. Quand il remonta à la surface, à l'autre bout du bassin, ce fut pour tomber sur le visage hilare de Tonio.

— Tu ne te débrouilles pas mal pour un vieux...

— Tu sais à quoi tu me fais penser, allongé là sur le carrelage ?

Le maître nageur effaça son sourire.

— Vas-y...

— À une éponge graisseuse au bord d'un évier.

— Le problème, c'est que ce n'est pas dans un évier où tu macères...

Drovic se pinça le nez pour rétablir la pression sur ses tympans.

— C'est quoi alors, Tonio ?

— Un bidet, pauvre con !

— O. K. Un partout, balle au centre.

Et il s'éloigna, nageant entre deux eaux.

14.

Le téléphone se mit à sonner alors qu'il était assis sur la planche de bois, nu, occupé à s'essuyer les doigts de pied un à un. Son grand-père avait fait la Grande Guerre contre les Autrichiens, comme fantassin, dans les montagnes de Serbie, et il avait l'habitude de dire qu'il avait survécu grâce à la qualité de ses orteils. Le métier de flic, quoi qu'on en dise, était moins dangereux que celui de troufion, mais il fallait pouvoir compter sur sa voûte plantaire.

— C'est Pétriat... Comme vous ne m'appeliez pas, je me suis permis...

— Tu as bien fait...

Il laissa le silence s'installer, le temps d'enfiler son slip.

— Alors, elles ont craché du solide, tes imprimantes ?

— On commence à y voir plus clair, bien que ce Ludovic Hakcha soit inconnu au bataillon. Pas la moindre trace dans nos fichiers. L'Immaculée Conception en personne !

— Futé comme je te connais, tu as été jeter un œil sur les banques de données de nos petits camarades de la gendarmerie.

Pétriat souffla sur la bakélite.

— Depuis que la commission Informatique et Libertés a verrouillé l'interconnexion, on ne peut plus rien faire de ce côté sans l'avis du juge.

— Tu n'as pas la clé ?

— Personne ne l'a. Ils l'ont jetée après avoir bétonné le logiciel.

Ce fut au tour de Drovic de soupirer.

— Je croyais t'avoir entendu dire qu'on y voyait plus clair...

— J'y viens patron. Un autre Hakcha, son frangin, s'est pris dans les mailles du filet, il y a trois ans. Cédric Hakcha. La mise à sac d'une station-service. Trois mois ferme non effectués. Heureusement que j'avais accès à de vieilles données, parce que c'est couvert par l'amnistie présidentielle.

Pour parvenir à la rue Chardavoine, à Stains, il fallait déjà tomber sur la place Charles-Tillon, une pastille cachée au cœur de la cité du Clos-Saint-Lazare qu'on venait de réhabiliter pour la troisième fois. On avait profité de la refonte du quartier pour ouvrir des voies de communication entre les enclaves, et les nouvelles artères faisaient revivre le nom de personnalités injustement oubliées par l'Histoire. Les noms, sur les boîtes aux lettres du 12, ressemblaient à ceux des villes sur une mappemonde : Goruldu, Banayat, Li Tao, Bonaventura, Démeter, Fofana, Elbaz, Pedroso... L'étiquette qui portait celui de Hakcha précisait qu'il habitait au septième étage, porte droite. L'ascenseur était en dérangement, et Drovic commença l'ascension d'un escalier en colimaçon brut de décoffrage. Il reprenait son souffle à mi-parcours quand les échos d'une dispute lui parvinrent des étages supérieurs. Il identifia trois voix différentes.

— Je ne vous ai rien demandé, moi...

— Trois fois, c'est deux de trop, on t'avait prévenu...

— On ne veut plus de camés dans la cité, encore moins de dealers...

— Arrêtez, merde, vous êtes dingues !

Drovic avait à peine repris sa progression qu'il dut s'écarter pour ne pas être fauché par un type qui arrivait en roulé-boulé. Il l'aida à se relever. L'inconnu n'eut rien de plus pressé que de dévaler les marches quatre à quatre. L'un de ceux qui l'avaient apparemment bousculé descendait à son tour, l'air dégagé.

— Qu'est-ce qui s'est passé ?

— Rien… il a loupé une marche…

Puis il se retourna dès qu'il prit pied sur le palier.

— Oh, Cédric… on se voit tout à l'heure devant la mosquée… N'oublie pas.

Le commissaire accéléra le pas pour se placer juste derrière le dernier protagoniste alors qu'il s'apprêtait à refermer sa porte.

— Je crois que c'est ici que je vais aussi… Cédric Hakcha ? Police judiciaire. Je peux entrer ?

— C'est moi que vous cherchez ?

Le commissaire jeta un regard circulaire sur le salon et la salle à manger, vers la chambre en enfilade. Un canapé, une table, des chaises dépareillées, une télé.

— Non, mais moi, je cherche quelque chose… Ce qui n'est pas votre cas…

— Je n'aime pas quand les flics parlent par énigme… Allez-y directement, je n'ai rien à me reprocher.

— Votre frère a disparu depuis plus d'un mois et vous n'avez pas jugé utile de le signaler. Il habitait bien cet appartement avec vous… On ne laisse pas sa famille dans la nature. C'est pourtant simple de composer le 17, non ?

Le jeune homme leva les yeux au ciel.

— Écoutez, c'est mon frère, d'accord, mais il est majeur et vacciné. On ne s'intéresse pas aux mêmes choses, on n'a pas les mêmes amis, on s'engueule dès qu'on parle ensemble plus de deux minutes... Il passe ici de temps en temps, il se trouve une fille et je ne le vois plus pendant trois mois... S'il fallait que j'appelle les flics chaque fois qu'il découche, j'aurais vite de la corne au bout des doigts.

Drovic avait pris le temps de taquer une Gitane sur le dos de sa main, de l'ajuster entre ses lèvres, de l'approcher de la flamme.

— C'est dommage, vous n'en aurez plus l'occasion. On a retrouvé son cadavre dans les sous-sols de la barre Le Corbusier, celle qu'ils ont fait exploser le mois dernier, à Courvilliers.

15.

Il marchait vers l'arrêt de bus du Globe, et s'en voulait à chaque pas un peu plus de lui avoir jeté la mort de son frère au visage, mais la désinvolture de Cédric lui était devenue soudain insupportable. Il était demeuré une fraction de seconde immobile, bouche ouverte, yeux écarquillés, avant de vaciller, de se laisser tomber sur le canapé, de fondre en larmes. Drovic ne savait pas ce qu'il fallait faire dans ce genre de situation, à part attendre, il restait là, les doigts crispés sur une cigarette, désemparé, guettant un regard, un appel. Il avait fini par s'asseoir près de lui, par poser une main sur son épaule, et des mots de réconfort étaient venus de très loin, des mots qu'il aurait peut-être dits, un soir de détresse, au fils qu'il n'avait jamais eu. Le gosse, parce que c'en était un, s'était peu à peu calmé. Ils s'étaient éloignés, l'un humilié par ses sanglots, l'autre embarrassé de ce qu'il prenait pour de la faiblesse. Après que le garçon eut effacé ses larmes, Drovic avait appris que Ludovic et Cédric étaient les enfants d'un couple mixte, que leur père était reparti vivre en Algérie, aux portes du désert, après la mort de leur mère originaire de Roubaix. À sa connaissance, personne n'en voulait à son frère qui vouait une passion sans limites aux jeux vidéo, à l'informatique. C'est lui qui avait installé les premiers cafés internet de Stains, de Courvilliers. Il avait gagné sa vie, un moment, en créant les sites de commerçants ou de particuliers dépassés par la technique. Avant de quitter les lieux, le commissaire avait caressé du doigt la tranche verte, les caractères arabes dorés des livres alignés sur une étagère, dans l'entrée.

Tout à ses pensées, il avait loupé l'arrêt de la gare RER. Il s'était laissé emmener jusqu'à la mairie d'Aubervilliers. Une bouffée de nostalgie l'avait alors envahi et poussé jusqu'à la porte basse du *Beograd*. Il s'était installé devant une table d'où on pouvait voir le canal.

— *Dobar dan. Mozemo li jesti ?*

Le patron s'était penché pour passer la serpillière sur le formica.

— Oui, le menu est écrit sur l'ardoise…

— Une éternité que je n'ai pas mangé de *prsuta*… Une assiette, avec un verre de Chliwowitza bien glacée.

— Alors, vous l'avez trouvé, l'assassin ?

— Quel assassin ?

Il s'était redressé, son ventre ballonné à hauteur du visage de Drovic.

— Allons… Les nouvelles vont vite ici… Le meurtrier du type qui travaillait à l'agence Cormoran… Vous n'êtes pas là par hasard… Vous êtes sur une piste ? On est des compatriotes…

— Oui, mais ce n'est pas parce que je me mets à table que je mange le morceau.

Quelque chose comme un voile d'incrédulité recouvrit le regard de son interlocuteur. Le verre de vodka fut suivi de pas mal de ses clones. Drovic reprit le chemin de son appartement en ayant, comme jamais, conscience de la course folle de la terre autour du soleil. Catherine ne dormait pas. Elle s'enfouit la tête sous les oreillers pour ne pas l'entendre vomir dans les toilettes puis déplier le canapé du salon. Le lendemain, elle fit comme si de rien n'était. Et ce fut pire pour tous les deux.

16.

L'alcool du *Beograd* était civilisé, il ne laissait pas de traces après son passage. Drovic avala son café tout en écoutant les infos. Une voiture piégée à Moscou, un kamikaze à Hébron, douze ouvriers népalais égorgés en Irak, un temps de chien annoncé sur l'Île-de-France malgré le trompeur soleil matinal. Il décrocha le téléphone mural.

— Pétriat ? Je savais que tu serais déjà là… Tu ne m'attends pas ce matin. Hier, j'ai mis la main sur le frère Hakcha, Cédric. Il faudrait que tu passes le prendre à Stains, au 12 de la rue Chardavoine. Tu l'emmènes à la morgue pour l'identification. Quand je montais chez lui, il était occupé à vider des dealers de son escalier. Il faudrait que tu vérifies s'il n'y a pas eu d'embrouilles entre bandes dans le secteur, ces derniers temps, si on ne joue pas à qui aura le plus grand tronçon de ligne blanche… Tu sais, de mémoire, si on tient un patron de troquet par les couilles, dans le coin ?

La réponse fusa immédiatement.

— J'ai fait équipe pendant six mois avec Mongin, sur Stains et Villetaneuse. Notre indic était le patron de la pizzeria *Nessuno,* dans la cité-jardin, à deux pas de la mairie. Une source intarissable. Il ne fallait pas le payer pour qu'il parle, mais pour qu'il la ferme.

— Et il s'appelle comment ton ténor ?

— Gandolfo. Gianni pour les intimes. Passez-lui le bonjour de ma part.

Moins d'une heure plus tard, Drovic déambulait dans un quartier d'immeubles bas, de pavillons entourés de jardinets, le tout édifié en ciment teinté, une gamme qui allait du jaune biscotte au pain d'épices. Une cité idéale implantée au milieu des vergers, au cours du premier tiers du siècle d'avant, quand on pensait encore que le rêve d'Alphonse Allais, bâtir les villes à la campagne, était de l'ordre du possible. Avant que ça prolifère. La confiance en l'avenir était telle, alors, que les noms des commerces étaient gravés dans le béton. « Boucherie Garaud », « Boulangerie Desplats », « Droguerie des 4 couleurs »… Certains demeuraient encore visibles, d'autres débordaient d'une lettre ou deux de chaque côté des plaques de bois ou de plastique sérigraphiées qu'on accrochait à la hâte, au fronton, le temps d'un bail. Le bar-pizzeria *Nessuno* avait succédé à une mercerie qu'on avait crue promise à l'éternité. Un client qui sortait lui tint la porte alors qu'il arrivait. Il attendit que le patron, un grand mou aux bajoues tombantes, lui serve son espresso pour le retenir par la manche.

— C'est vous Gandolfo ?

— Oui, pourquoi ?

Drovic prit le temps de sortir son étui à sucrettes.

— La maison m'a été recommandée par deux de vos très bons amis, Mongin et Pétriat…

— Connais pas…

— Fais un effort : on les oublie difficilement, ils sont toujours habillés en bleu, blanc, rouge. Moi, je suis le commissaire Drovic, je suis simplement de passage. Tu crois que ça ferait plaisir à tes clients d'apprendre que le beau Sergio a un pied derrière son comptoir et l'autre à la préfecture ? Je cherche un petit camé, un blond filasse habillé d'un costard gris, une boucle d'oreille avec une croix en pendentif...

Le patron se pencha pour préciser à mi-voix :

— Des bracelets de force aux poignets...

— J'allais y venir, Gianni...

— Je ne connais pas son vrai nom. Il se fait appeler Jimmy... Sa spécialité, c'est l'herbe, l'ecstasy, les amphèts... Un peu de crack à l'occasion. C'est un oiseau de nuit. À cette heure-ci, il doit dormir dans une cave de la tour vide, celle qu'ils rénovent... Toute la racaille se déplace avec le chantier...

Drovic tourna les talons sans boire une goutte de son café. Il ne lui vint même pas à l'idée de payer. Quand il atteignit la porte, Gianni parlait encore.

17.

Les issues du bâtiment avaient été murées le temps des travaux, mais deux rangées de parpaings obstruant le local à poubelles étaient descellées. Le commissaire dut se mettre à quatre pattes pour passer par l'ouverture. Il déboutonna son col de chemise

et releva le tissu sur sa bouche, son nez, pour atténuer les odeurs de pisse, de pourriture qui flottaient
dans le réduit. La flamme de son briquet projeta une
lumière vacillante sur les murs tagués. Son pied fit
valdinguer une boîte de conserve, réveillant deux
clochards.

— Tu le connais le civil, là, qui vient d'allumer
les projecteurs ?

— Inconnu au bataillon… Hé toi, où tu vas ?

— Je visite…

— C'est pas à vendre…

Drovic s'approcha du matelas de récupération.
Un chien se mit à grogner en sourdine.

— Le type de l'agence a dû faire une erreur…

— T'es un malin, on dirait. Qu'est-ce que tu cherches ?

— Un pote…

— T'es vraiment mal tombé, c'est une denrée en
rupture de stock…

— Et si je dis que c'est mon fils, ça va ? Il se fait
appeler Jimmy…

L'un des occupants du matelas cracha dans la
poussière.

— Jimmy la Teigne. J'aurais jamais imaginé qu'il
avait des parents, et encore moins qu'ils soient assez
cons pour vouloir lui remettre le grappin dessus. Il
squatte un appart du deuxième.

Le jeune dealer dormait sous un amoncellement de
tissus divers, dans le recoin d'une pièce dont les fenêtres étaient obturées par des morceaux de cartons

d'emballage. Drovic donna une série de coups de pied dans le tas, n'obtenant en réponse que quelques grognements. Il ajusta son tir et une forme humaine émergea des chemises, des serviettes, des draps déchirés. Drovic aperçut la lame à demi dissimulée par une écharpe écossaise. Sa main se déplaça vers l'arrière pour se poser sur la crosse de son revolver.

— Qu'est-ce que tu fous là ?

— Eh ben dis donc, ils ne t'ont pas loupé…

— Je me suis cogné…

— Oui, je sais, j'étais là quand tu t'es cogné aux marches. Si j'étais à ta place, j'éviterais de jouer avec des couteaux, ça va rarement plus vite qu'une balle de 357…

Jimmy recula vers le mur, terrifié d'être regardé par l'œil noir du flingue que Drovic venait de brandir. Il leva les bras.

— Écoute, je sais qui t'a fait ça, et j'ai un compte à régler avec eux…

— Je ne comprends pas de quoi vous parlez…

— C'est la raison pour laquelle je prends le temps de t'expliquer… J'ai seulement besoin que tu me dises tout ce que tu sais sur les frères Hakcha, Cédric et Ludovic… Sinon j'appelle mon équipe, ils passent ton palace au peigne fin. Ils raclent tout. Je suis sûr qu'ils dégoteront assez de dope pour te faire plonger. Tu t'imagines six mois dans une cellule, avec pour seul passeport vers les nuages de l'aspirine broyée en guise de poudre… Tu commences à comprendre ou il faut que je répète ?

— Vous leur voulez quoi, aux Hakcha ?

— J'enquête sur un meurtre, et tous ceux qui gravitent autour d'eux ont du mouron à se faire. Alors ?

Drovic n'eut plus à dépenser beaucoup de salive, Jimmy était de la trempe de Gandolfo, il suffisait d'appuyer sur le bon bouton. Drovic sentit son téléphone vibrer dans sa poche et se retint de prendre l'appel.

— Ce que je sais, c'est que Cédric, avant d'être cul et chemise avec les barbus, il ne crachait pas sur la dope. Il nous est même arrivé de faire des affaires ensemble… Maintenant, il se prend pour le grand nettoyeur. Ils doivent au moins lui avoir promis une place d'imam… Ludovic, lui, il a toujours été hors du coup. Il se fout complètement du Coran, des prières, de la direction de La Mecque, de la bouffe hallal. Son truc, c'est l'informatique. Il s'amuse à casser des codes, à entrer dans des sites protégés… Pour le fun…

— Ils s'entendaient bien tous les deux ?

Drovic regretta son utilisation de l'imparfait, mais Jimmy n'était pas en état d'interroger les temps.

— Avant Leïla, oui… Elle sort avec Ludovic et sa famille ne voit pas ça d'un bon œil, rapport que le père de Leïla est un des responsables des barbus de la région. Il n'a pas la ligne directe avec Dieu mais presque…

— Et ils habitent dans quel secteur, les parents de Leïla ?

— En face, dans l'escalier où on s'est rencontrés, trois étages au-dessus de chez les Hakcha.

18.

Dès qu'il sortit de l'antre, Drovic lut sur l'écran du téléphone que Pétriat avait tenté de le joindre à deux reprises. Il composa le numéro de son adjoint qui revenait de la morgue.

— Il s'est tenu comment ?

— Pas facile. Il en a pris un sacré coup. Il est resté à prier pendant plus d'un quart d'heure à côté du tiroir réfrigéré. Sinon, j'avais lancé quelques hameçons à droite à gauche et en rentrant, ça frétillait…

Pétriat se ressourçait au bord d'un étang, dans l'Aisne, et il avait plusieurs fois essayé, sans succès, d'inviter Drovic à découvrir les joies simples de la pêche à la tanche ou à la carpe. Il lui arrivait d'offrir une partie de ses prises, le lundi matin, que Catherine se refusait à vider et qu'elle enfournait immédiatement dans le vide-ordures.

— De la friture ou du brochet ?

— Entre les deux… Rien sur la victime. En revanche, on retrouve le nom du frangin sur une série de notes des Renseignements généraux. Il a participé à une palanquée de manifestations contre l'in-

terdiction du voile islamique, à des meetings de
même nature. Il a été retenu une journée, l'année
dernière, dans le cadre d'une procédure sur le Front
islamiste du salut. Relâché faute de preuve. Il est
également désigné comme l'un des principaux organisateurs du rassemblement anti-dealers à la porte
de Paris…

— Ce qui permet de vérifier, une fois de plus,
qu'il n'y a rien de plus efficace que les nouveaux
convertis !

Tout en discutant, Drovic était parvenu au pied
du bâtiment de la rue Chardavoine. Il s'approcha
d'une gamine qui jouait à la marelle en fredonnant
une chanson de Francis Cabrel.

— Bonjour, je cherche Leïla… On m'a dit qu'elle
habitait là…

— C'est Leïla comment ?

— Je n'arrive plus à m'en souvenir, c'est ça le
problème !

La fillette continuait à pousser son palet, en équi-
libre sur une jambe.

— Ah ben, ça ne va pas être facile. Des Leïla,
ici, c'est pas ce qui manque !

— Je sais seulement qu'elle est copine avec Ludovic.

Elle sauta à pieds joints au milieu du ciel tracé à
la craie sur le bitume.

— Elle, je la connais. Je suis dans la même
classe que sa sœur, Mounira. C'est Leïla Yayahoui,
elle habite tout en haut, au quinzième.

Il lui fallut à nouveau user ses semelles sur le béton brut de l'escalier, doublant des vieux à la peine qui ahanaient comme des coureurs dans les derniers lacets du mont Ventoux, des fumeurs agonisants qui vouaient sainte Seita aux gémonies, croisant des maîtres essoufflés, incapables de suivre la descente effrénée de leurs molosses travaillés par une vessie au bord de l'explosion… Il se retrouva seul à hauteur du douzième et termina l'ascension en se reposant à chaque palier. Il appuya sur la sonnette. La porte, en s'ouvrant, découvrit une frimousse criblée de taches de rousseur et auréolée d'une coiffure crêpée à l'afro.

— Commissaire Drovic. Je cherche à rencontrer Leïla…

— C'est moi…

La jeune fille avait parlé le plus doucement possible et une voix assurée venue du fond de l'appartement couvrit la sienne.

— Tu parles avec qui ma fille ?

— Ce n'est rien, maman. C'est encore quelqu'un qui s'est trompé. Avec l'ascenseur en panne, ils sont tous perdus…

Puis plus bas à l'adresse de Drovic :

— Je descends dans une heure pour aller prendre mon petit frère à son cours de judo. Je ne pourrai pas avant. Attendez-moi devant le gymnase de la mairie, à côté du marché couvert.

Pour tuer le temps, Drovic s'offrit un plaisir rare. Il garda la tête bien droite pour voir celle de Gandolfo se décomposer quand il poussa la porte de la pizzeria *Nessuno* dont une seule table restait libre, une étiquette « Réservé » posée bien en vue sur la nappe immaculée. Il s'y installa et le patron étouffa les protestations naissantes de la serveuse.

— Dis à Dardanello de se dépêcher de finir son assiette de pâtes et remets en place pour le maire. Je m'occupe de monsieur…

Le commissaire n'avait malheureusement pas le temps d'abuser. Il fit l'expérience somme toute supportable du Cynar, un apéritif à base d'alcool d'artichaut qu'il accompagna d'une assiette de charcuteries des Abruzzes, puis se régala d'une escalope au marsala accompagnée d'une bouteille d'amarone, un vin rare récolté sur les hauteurs du lac de Garde. Au moment de partir, c'est le patron lui-même qui vint lui annoncer que le repas était offert par la maison.

19.

Drovic longea l'avenue principale de la cité-jardin alors que de lourds nuages se préparaient à livrer les averses promises par la météo. Il patienta en se promenant dans le jardin de la mairie installée dans les anciennes écuries du château de Stains et aperçut Leïla de l'autre côté de la place, les hanches moulées dans un jean, un large tee-shirt aux armes des rappeurs de Bac 93 sur les épaules. Il vint à sa rencontre.

— Je voulais tout d'abord vous dire, pour Ludovic...

Elle le regarda droit dans les yeux et il remarqua les cernes.

— Cédric m'a dit hier ce qui était arrivé... Je m'en doutais... Il ne m'aurait jamais laissée sans nouvelles aussi longtemps. On avait le projet de partir ensemble...

— Comment ça ?

Leïla l'entraîna vers le petit parc qui entourait un monument aux morts, devant les fenêtres de la maison de retraite. Ils s'assirent sur un banc de pierre alors que les premières gouttes crépitaient sur les larges feuilles des platanes.

— Mon père voulait me marier à un cousin en qui il a toute confiance. Un type que je n'ai jamais vu... Je me retrouvais au bled, avec un linceul pour robe de mariée. La seule solution pour une fille, dans ce cas-là, c'est de se déshonorer, comme ils disent. C'est ce que j'ai fait. J'attends un enfant de Ludovic...

Le commissaire était fasciné par la détermination de la jeune femme. Elle ne pouvait ignorer qu'en disant cela, elle désignait son propre père comme suspect principal, mais elle n'avait pas hésité une seconde à le faire.

— Cédric était au courant de votre état, de vos projets avec son frère ?

Elle ne put réprimer une moue de mépris.

— Non, personne ne savait rien. Mais depuis qu'on était ensemble, il ne se comportait plus comme le frère de Ludovic, mais comme s'il était le mien. Je ne pouvais plus faire le moindre geste. J'avais un père à la maison et un grand frère dehors qui lui servait d'espion. Ils ne vivent pas en France, ni en Algérie ; leur pays, c'est le Moyen Âge !

La pluie avait chargé la ramure, et des filets d'eau commençaient à couler le long des branches. Ils se réfugièrent sous le porche de la maison de retraite. Drovic faisait un effort pour se souvenir des cinq ou six meurtres qui avaient défrayé la chronique, au cours des dernières années, et dont les mobiles touchaient à la coutume. La mort d'un gamin, émasculé puis égorgé, à Strasbourg, pour avoir couché avec sa petite copine turque, une adolescente de seize ans qui avait assassiné son père dans son lit, d'une décharge de chevrotine, au retour de « vacances » au pays. À chaque fois, c'était marqué par le déchaînement des passions, la sauvagerie du silence brisé, on prenait ce qu'on avait sous la main au moment où l'intelligence était envahie par les ténèbres, on frappait, on faisait éclater le problème comme un furoncle, et les projections, les effusions, étaient autant la preuve du désastre que de sa résolution définitive. L'exposition des corps défaits attestait de l'honneur rétabli, lavé dans le sang. Rien dans l'assassinat de Ludovic ne cadrait avec ce bouillonnement, cet aveuglement. Bien au contraire. On l'avait tué d'une balle dans la poitrine, puis achevé d'une autre dans la nuque. Ensuite le corps avait été caché dans les sous-sols de la barre Le Corbusier dans l'espoir raisonnable qu'il disparaîtrait dans le charriage des gravats. On ne hurlait pas, là, son désarroi à la face du monde. Du travail de professionnels qui flinguaient en sourdine.

Leïla glissa la main à plat dans la poche arrière de son jean pour se saisir d'une feuille de papier pliée en quatre.

— On aurait dû partir le mois dernier, comme c'était prévu, et rien de tout cela ne serait arrivé... On devait aller dans le Nord, dans la famille de sa mère. Ils étaient d'accord pour nous accueillir le temps que le petit arrive...

— Et pourquoi vous n'avez pas mis votre projet à exécution ?

Il s'en voulut de ce mot, dès qu'il l'entendit résonner à ses oreilles.

— À cause de Ludovic. Il voulait assurer ses arrières. Il m'a remis ce papier en me disant de le garder précieusement, que ça ouvrait un coffre-fort, que grâce au fric qu'il allait ramasser, notre enfant ne naîtrait pas dans la brume, à Roubaix, mais près d'une plage, sous les cocotiers... Il ramenait des brochures de son travail, sur les îles Salomon, les Fidji, le Vanuatu... Je n'y comprends rien. Ce sont des chiffres, des codes, des morceaux d'adresses internet...

20.

Drovic prit le bus en direction de Courvilliers et de là le tramway jusqu'au terminus, à Bobigny. On en venait presque aux mains dans l'embouteillage permanent de la place Picasso. Tous ceux qui avaient à déposer un dossier, retirer une pièce d'identité, un passeport, une carte grise, tournaient pendant des éternités à la recherche d'une place de stationnement aux alentours du bunker. Ils finissaient par se garer sur les trottoirs, les pelouses, où des contractuelles impavides les alignaient consciencieusement. Au moment de la construction de la préfecture, d'immenses parkings avaient été aménagés, mais ils avaient peu à peu été grignotés par les extensions des services, la prolifération des administrations, et le dernier empiètement en date consistait en la pose de bureaux provisoires devant lesquels, qu'il pleuve ou qu'il vente, s'allongeaient des files d'étrangers, de sans-papiers. Pétriat avait sa tête des mauvais jours.

— Qu'est-ce qui t'arrive ? Ta partie de pêche du week-end est annulée ?

— Si ce n'était que ça, je me consolerais en ouvrant une boîte de sardines millésimées… Le problème, c'est cette dépêche. Tenez, elle est tombée il y a un quart d'heure, et tous les journaux vont se jeter dessus comme la vérole sur le bas clergé. Je vois déjà les titres demain matin, au kiosque…

Drovic parcourut le texte rédigé par un anonyme de l'Agence Inter-Presse. Le pigiste ne s'embarrassait pas de formules précautionneuses, de conditionnels. Il confondait allégrement le curriculum de Ludovic et celui de son frère Cédric. La victime devenait une sorte d'agitateur islamiste dont la fin tragique n'était pas sans rappeler le parcours sanglant de deux autres jeunes de Courvilliers qui avaient attaqué, quelques années plus tôt, un hôtel de Marrakech à la mitraillette. Les noms d'al-Qaida et de Ben Laden n'apparaissaient pas. Ils étaient simplement suggérés : c'était la seule intelligence que le journaliste, confiant dans les réflexes pavloviens, reconnaissait à ses lecteurs.

— Ils vont commencer à nous harceler. Qu'est-ce qu'on fait patron, on dément ?

— Surtout pas, c'est ce papier qui est dément... Tu vas verrouiller le standard. Dis à la secrétaire d'opposer une fin de non-recevoir à toutes les demandes d'interviews. *No comment...* Attends... Encore mieux, qu'elle les laisse en attente avec la petite musique de merde qu'a choisie le préfet...

— C'est *La Lettre à Élise...*

— Tu parles d'une lettre ! Des fois, je me la fade pendant des heures... Ce ne serait pas plutôt un discours de Castro ? En parlant de lettre, Ludovic Hakcha avait confié ça à sa petite amie, Leïla. Je sais qu'il y a du papier et de l'encre mais je ne vais pas plus loin dans l'identification du message... Tu peux essayer de comprendre de quoi il retourne ? Je prends la voiture. Je repasse en début de soirée.

Il traversa le parc paysagé, fit crisser les pneus autour du bassin qui captait l'eau d'une rivière dans laquelle un député du coin lui avait raconté qu'il attrapait des écrevisses, môme, avant l'invention des grands ensembles. Nostalgique de ce qu'il avait fait disparaître. Il longea les voies marchandises, s'engouffra dans le tunnel pour reprendre la nationale à la hauteur du cimetière parisien. Moins d'un quart d'heure plus tard, il se tenait sous le jet froid de la douche, tête renversée, bouche ouverte. Il s'arrêta devant Tonio, sur le chemin du plongeoir.

— Tu en penses quoi, du foulard islamique ?

Le maître nageur le regarda, incrédule.

— Du foulard, moi ? Pas grand-chose : dans le civil, je suis naturiste.

21.

La fréquence d'infos en continu répercutait déjà la dépêche quand il reprit le véhicule de fonction, à la nuit tombée, pour un parcours en sens inverse. Il monta le volume :

— Après la découverte d'un cadavre dans les décombres de la barre Le Corbusier de Courvilliers, dynamitée le mois dernier, les enquêteurs semblent privilégier la piste d'organisations intégristes musulmanes très actives dans le département de la

Seine-Saint-Denis. La victime, Ludovic Hakcha, était en effet très proche du prédicateur d'une mosquée de banlieue placée sous surveillance policière...

— Pas bien cher le scoop ! Même pas un coup de téléphone de vérification...

Il permuta sur la station la plus proche, *Rire et chansons*, squattée par un humoriste sinistre qui essayait, au moins, de faire son boulot. Un sketch éculé sur une folle convoquée au conseil de révision. Pétriat ne détourna pas la tête de son écran qu'occupaient les formes rebondies d'une jeune baigneuse quand Drovic entra dans le bureau.

— On ne s'ennuie pas à ce que je vois...

Son visage s'empourpra.

— Ce n'est pas ce que vous croyez...

Drovic admira les courbes.

— Si ce n'est pas ce que je crois, c'est très bien imité... J'ai pris des brochettes de poulet mariné chez le Libanais, au passage... Et de la bière Almaza. Sinon, tu t'en sors ?

— Je vous expliquerai... J'ai eu un peu de mal au départ puis quand j'ai percuté, tout est venu d'un coup. Une bonne partie des pages intéressantes est rédigée en anglais... Ça demande du temps, j'ai de bonnes bases, sauf que je ne le pratique pas assez... Commencez à manger, si vous avez faim, je n'en ai plus pour très longtemps.

— Elle sort de l'album de photos de Ludovic, la starlette ?

— Non... Il n'était pas de taille... Il a essayé de piquer de l'or qui était encore en fusion...

Drovic sortit un laguiole du tiroir de son bureau. Les longueurs de bassin lui avaient vidé la tête et l'estomac. Il repoussa à l'aide de la lame gravée à ses initiales les morceaux de viande caramélisée piqués sur une fine baguette de bois. Le traiteur lui avait fait cadeau de deux boulettes aux légumes recouvertes de crème de sésame, et il dut faire appel à l'éducation dispensée par sa mère pour ne pas engloutir la part de son adjoint. Pétriat fit rouler son siège jusqu'à lui, un paquet de feuilles griffonnées, de tirages sortis de l'imprimante dans les mains.

— Je crois que je tiens le fil. C'était vraiment un bon, en informatique. Un hacker de première. Ça ne pouvait pas finir autrement... En plus, c'est un peu votre histoire... Je veux dire celle des Serbes... Je bois un coup et je vous explique...

Ils trinquèrent avec leurs bouteilles de bière libanaise.

— Tu m'inquiètes...

— Les codes inscrits sur le papier que vous a remis Leïla coïncident avec ceux d'accès secrets à des banques de données ultra-sensibles. Ils ouvrent sur les sites planqués d'une série de sociétés comme Pacific Intel, Stirling Company, Irsa ou International Security Corporation...

— Pas très serbe comme raisons sociales...

— Je vais y venir... Ce sont des entreprises dont les activités sont tout à fait légales aux États-Unis, en Angleterre, mais pas en France… Ludovic Hakcha s'est fait embaucher à l'agence Cormoran sur la base de ses connaissances en informatique. Il était derrière le guichet pour vendre des billets d'avion, dégotter sur internet les meilleures prestations aux prix les plus avantageux. J'imagine que l'ambiance dans la boîte l'a alerté sur quelque chose de pas très net et qu'il a commencé à fouiller dans les archives électroniques de la société. Pour un bon professionnel assez débrouillard, le meilleur allié pour casser les protections d'un système, c'est le temps. Je pense qu'il en a consacré un sacré paquet aux fortifications de l'agence Cormoran, parce qu'il a tout ouvert. Le trousseau de clés au grand complet ! Il s'est rendu compte que la boutique servait de couverture à l'organisation de voyages très lucratifs en direction de Bagdad.

Il tendit des copies de contrats en anglais à Drovic.

— C'est quoi les initiales « BG/CP » en haut ?

— Elles correspondent à « Body Guard/Close Protection ». C'est le nom présentable sous lequel se cachent les mercenaires modernes. Un marché en pleine expansion. Dans un des articles que j'ai capté, on estime qu'il y a plus de 20 000 de ces militaires privatisés en Irak actuellement. Ils protègent le personnel des entreprises de reconstruction, les ingénieurs qui font circuler le pétrole, les employés des ambassades… C'est tout bénéfice pour les pays engagés dans le conflit, pas de frais de formation,

de logistique et en cas de coup dur, le gouverne-
ment est hors de cause... Les risques du métier. La
plaque tournante, c'est l'hôtel *Babel*, à Bagdad...
En ce moment, le cours d'un aventurier, à la Bourse
des mercenaires, a largement dépassé les 10 000 dollars mensuels à cause de la dégradation de la situation. Mais ce ne sont pas les risques encourus qui
découragent les volontés. Fabrizio Quattrochi,
l'otage italien égorgé par ses ravisseurs appartenait
à l'une de ces sociétés. Il était boulanger au chômage, à Gênes. Son exécution a fait monter les salai-
res de 10 %... Pour contourner les lois françaises,
la patronne de l'agence Cormoran a créé des filiales
bidon de sociétés anglaises et américaines pour
recruter ses barbouzes... Pacific Intel, Stirling
Company, International Security Corporation... Et
Ludovic, en pianotant sur son clavier, est tombé sur
la mine d'or...

— Mange, ça va être froid...

22.

Les quatre voitures bourrées d'inspecteurs fi-
laient le long du canal, éclaboussant la surface des
eaux sombres des éclats bleus des gyrophares, puis
elles le traversèrent à la hauteur du pont du Landy.
Le cortège s'engagea dans la rue étroite au moment
où les élèves de l'école coranique se pressaient par
dizaines sur le trottoir, face au lycée Rosa-Luxem-

burg. Drovic fit couper les lumignons. Il indiqua la rue du Moutier au conducteur et lui demanda de venir se garer sur le trottoir, sitôt qu'il aurait dépassé le tabac. Il se saisit du micro de liaison.

— Gérard, tu restes derrière moi et les deux autres véhicules vont se placer de l'autre côté de l'agence. Il y a une cour qui donne sur l'arrière. Il faudrait que quelqu'un aille couvrir l'issue, à tout hasard. On entre dans trois minutes… Tenez-vous prêts.

Il s'extirpa de l'habitacle, suivi de Pétriat, et prit le temps d'allumer une clope avant d'entrer dans la boutique. La gérante parlait en serbe avec un homme au crâne chauve. Drovic saisit quelques bribes de la conversation au vol. Il était question de « suivi des affaires », de « types à recadrer ». Jeanne Dubois intima l'ordre à son interlocuteur de disparaître d'un mot : *Zdravo*, accompagné d'un mouvement de menton, puis elle se tourna vers les deux policiers.

— Je suis contente de vous revoir… J'ai lu les journaux ce matin. C'est incroyable, je n'aurais jamais cru que Ludovic était mêlé à ce genre de choses. Je ne savais même pas qu'il était arabe…

Drovic s'approcha.

— Il était français, de père algérien et de mère roubaisienne. Du mélange deux temps, trois temps ou quatre temps, un peu comme tout le monde. Je vous ai entendue parler. Du serbe pur jus. On ne serait pas venus en empruntant les mêmes chemins détournés ? Jeanne Dubois, c'est votre nom de femme mariée, non ?

— Oui, je suis née à Belgrade. Mon nom de jeune fille c'est Korosic… Quand je dis « arabe », à propos de Ludovic, ce n'est pas une insulte… Vous savez qui l'a tué ?

Le commissaire encouragea Pétriat à passer devant lui en le poussant légèrement sur les épaules.

— Pas précisément, et nous sommes là pour approcher un peu plus de la vérité. Installe-toi aux manettes…

Le lieutenant fit le tour du bureau recouvert de brochures touristiques. Il tira le fauteuil, s'y laissa tomber, sortit la liste des codes dressée par Ludovic Hakcha et s'empara de la souris. En trois clics, il pénétra dans les espaces virtuels secrets de l'agence Cormoran, affichant les comptes qu'elle possédait dans les sociétés anglo-américaines de « Body Guard/Close Protection ».

La poigne de Drovic se referma sur le bras de la gérante. Il l'obligea à regarder l'écran.

— Ludovic n'avait rien à voir avec les barbus ! La voilà la cause de sa mort : il avait cassé la combinaison du coffre-fort… Il essayait de vous taxer et vous l'avez éliminé, c'est ça, hein, répondez !

Elle allait parler quand la porte qui donnait vers l'étage s'ouvrit violemment. Le chauve fit irruption dans la pièce, un automatique serré dans le poing. Il tira une première balle, mais Pétriat le priva de toute l'énergie nécessaire à maintenir la pression sur la détente de son arme. Il s'écroula alors qu'un mince filet de sang se formait au milieu de son front. Dans la seconde qui suivit, la douzaine de flics disséminés dans le quartier s'était regroupée entre les présentoirs vantant les mille merveilles du monde civilisé. Jeanne Dubois expira sur la civière, entre sa devanture et l'ambulance du Samu. Les blouses blanches embarquèrent ensuite le cadavre de son frère, Radovan Korosic. On débusqua le deuxième assassin de Ludovic dans un placard de l'appartement du dessus. Amant de Jeanne, il répondait au nom de Yuk Milzic. Choqué par la mort de ses comparses, il ne se fit pas prier pour expliquer à Drovic que la combine fonctionnait depuis près d'une dizaine d'années. Au tout début, les motifs étaient « patriotiques ». Pendant les guerres de Yougoslavie, l'agence organisait des séjours de travailleurs immigrés serbes vers Sarajevo, vers la Krajina. Les types qui usaient leur santé sur les chaînes, sur les chantiers, dans les ateliers de confection parisiens, se payaient une semaine de vacances au pays qu'ils mettaient à profit pour traquer le Bosniaque, le Croate, avec dans le forfait le droit de piller, de violer, de massacrer. Une fois Belgrade vaincue, c'est tout naturellement que l'agence avait été contactée pour fournir du personnel intérimaire en Tchétchénie, en Transnistrie, dans toutes les marches en rébellion de l'ex-empire soviétique. Puis en Afghanistan, au Moyen-Orient.

Pétriat lui présenta le procès-verbal qu'il signa

sans prendre la peine de le relire. Le lieutenant se tourna vers Drovic.

— Le cabinet du préfet ne va pas être dans la merde, avec leur fuite organisée sur les islamistes...

Le commissaire rafla les clefs de la voiture sur le bureau.

— Serbes de Croatie, Croates de Bosnie, Kabyles, islamistes, Druzes, salafistes, chrétiens, chiites, sunnites, maronites, Tchétchènes, Ossètes du Sud, du Nord, Tutsis, Hutus, Chaldéens, Sikhs... Tu crois vraiment, Aurélien, qu'il y en a encore beaucoup qui arrivent à s'y retrouver ?

Pétriat avala sa salive en entendant le commissaire l'appeler pour la première fois par son prénom. Il le regarda s'éloigner puis il fit signe aux deux flics de permanence qui escortèrent Yuk Milzic jusqu'à la cage.

Drovic n'eut pas assez de force pour durcir ses abdominaux et rejeter ses jambes en arrière. Il tomba du plongeoir comme une planche à repasser. Le choc de son ventre sur la surface de l'eau chlorée résonna sous la verrière, vite couvert par le rire de Tonio. Le commissaire ne l'entendait pas. Il filait sous l'eau, comme une torpille en hurlant dans sa tête.

— Et maintenant, nage, nage, Drovic, nage... NAGE !

LES CHIENS ET LES LIONS

Chartres, 15 juin 1940, 21 heures.

— Tu as déjà tué des chiens, toi ?

Le gros homme au visage couperosé qui venait de poser la question portait un fusil de chasse à canons superposés, et le mégot d'une cigarette papier maïs, collé à sa lèvre inférieure par la salive, éparpillait ses cendres quand il parlait.

Son compagnon, plus petit, presque chétif, se tenait devant le mur où le patron du *Grand Monarque* affichait d'habitude ses cartes, depuis la formule à prix fixe prisée par les voyageurs de commerce, jusqu'au menu gastronomique qui flattait tout autant les appétits de ces messieurs de la cathédrale que ceux de l'hôtel de ville. Des centaines de papillons plaqués sur les vitres avec des colles de fortune, empêchaient de lire les spécialités du chef : des pages arrachées à des carnets, des tickets de métro recouverts d'écritures hâtives, des étiquettes, des marges de magazine, quelques cartes de visite.

— Je te demande si tu as déjà tué des chiens...
Moi, jamais... Des chats, oui... À la naissance...
Sauf que c'est pas pareil : je faisais ça avec un peu
d'éther sur un coton... Ils ne souffrent pas... On a
juste l'impression qu'ils ne se réveillent pas. Ma
femme, elle les noyait dans une bassine en les tenant par la queue. Ils gigotaient. J'aurais pas pu,
même si c'était que des chats...

L'autre fit semblant de n'avoir pas entendu. Il
demeura concentré sur la lecture des appels au secours : *« Partons sur Vannes. Mamie est malade.
Rejoins-nous le plus tôt possible »*, *« La voiture est
tombée en panne. Continuons vers Toulouse avec
les Fournier »*, *« On nous a tout volé cette nuit, le
camion, les meubles. Nous t'attendons à Poitiers »*,
*« Recherche fillette de huit ans, habillée d'une jupe
écossaise, d'un tricot blanc, perdue entre Chartres
et Orléans. »*

— Pourquoi tu fais comme si j'existais pas,
René ? Ça fait une heure que tu es planté devant ce
panneau alors que tu ne connais pas un seul de ceux
qui ont écrit ces messages ! À quoi ça te sert ?

Il se retourna et s'apprêtait à répondre quand une
camionnette bâchée traversa la place pour venir
s'immobiliser devant l'entrée de l'hôtel. Quatre soldats s'éjectèrent de l'habitacle. Ils se précipitèrent à
l'arrière du véhicule pour en extraire plusieurs militaires blessés qu'ils transportèrent dans la salle de
restaurant, utilisant une porte dégondée en guise de
civière. Un éclair de chaleur illumina le ciel. René

sortit un revolver de sa poche, fit basculer le barillet pour le garnir de balles piochées dans sa poche.

— J'ai pas l'impression que ça va tenir toute la nuit. On va sûrement se prendre une saucée... Ma femme habite Paris. Son téléphone ne répond plus depuis une semaine...

Gontrand détourna la tête. Il cracha pour se débarrasser de son mégot.

— Je savais pas que tu étais marié...

— J'avais fini par l'oublier... On y va ?

On avait repéré la horde principale à l'ouest de la ville, près d'un élevage de poulets abandonné par ses propriétaires. D'autres meutes, constituées de quelques dizaines d'individus seulement, erraient dans les faubourgs, autour des boucheries, des charcuteries désertées. Tout en traversant les quartiers périphériques pour rejoindre le gros de la troupe des chasseurs, ils abattirent une dizaine de chiens aux babines sanglantes, deux bergers belges, un setter ondoyant comme une flamme, un épagneul picard, une levrette d'Italie et quelques bâtards dont ils balançaient les dépouilles dans les poubelles. Par trois fois, ils pointèrent leurs armes sur des pillards ne les fusillant, à regret, que du regard. Le vent soufflait en bourrasques quand tous les tueurs se rassemblèrent à la lisière d'un bois, à moins d'un kilomètre de la ferme. Juché sur un tas de rondins, ses médailles accrochant les lueurs de la lune, un capitaine qui avait survécu à Verdun organisait son armée disparate en détachements, fixait à chacun

des axes, des déplacements, des objectifs d'attaque.
René se vit confier la responsabilité du flanc Sud. Il
déploya ses hommes dans des champs marécageux
avec la flèche de la cathédrale en point de mire,
leur ordonnant de ne pas tirer le moindre coup de
feu avant d'avoir atteint leur position. Ils croisèrent
une vache aux pis gonflés. Le cri d'agonie d'un
bouvier des Flandres en maraude, blessé d'un coup
de baïonnette puis égorgé, fut couvert par le cla-
quement du tonnerre. Il était près de minuit quand
ils virent la horde pour la première fois. Des centaines de chiens de toutes races, de toutes tailles, sur
lesquels semblait régner un bas-rouge massif, à poil
court, qui courait d'une extrémité à l'autre de son
immense meute aux crocs luisants, à la manière
d'un chien de berger. Des cadavres déchiquetés de
poulets jonchaient par milliers le vaste terre-plein
qui précédait les bâtiments de ferme desquels mon-
tait un assourdissant piaillement de volailles. Au
coup de sifflet, la salve partit de tous côtés cou-
chant pour l'éternité bichons ou lévriers, cockers et
braques bourdonnais, korthals comme labrits. Le
beauceron bas-rouge hurlait à la mort, une oreille
emportée, tandis que tout autour de lui éclataient
les têtes, les poitrails. René s'était porté en avant,
son revolver à bout de bras, ne tirant qu'à coup sûr.
Ses hommes marchaient dans les viscères de Mé-
dor, d'Azor, de Bijou ou de Dagobert. Le chef de
meute prenait son élan, les pattes baignant dans le
sang de ses congénères. Il s'éleva dans les airs, la

gueule grande ouverte. La balle de René l'atteignit entre les deux yeux, brisant son vol. Il s'écrasa à ses pieds où il expira dans une débauche de tremblements. Tous les hommes avançaient maintenant en arc de cercle, achevant les animaux blessés, pourchassant les survivants. D'autres, ceux de la deuxième ligne, entassaient les dépouilles des chiens comme des poulets, près de la fosse à fientes, et déjà on siphonnait le mazout de la chaufferie pour les brûler. Au moment de mettre le feu, l'orage s'était déchaîné. Trois hommes se portèrent volontaires pour terminer le travail. Ils s'installèrent à l'intérieur de la ferme, dans l'attente d'une accalmie tandis que René et Gontrand repartaient vers le centre de la ville en liquidant les bêtes isolées qu'ils trouvaient sur leur chemin.

Chartres, 16 juin 1940, 16 heures.

Depuis le matin, ce n'était qu'un morne défilé de camions militaires, d'engins blindés, de chars, de pièces d'artillerie, de fantassins harassés. Tout vibrait dans la ville, jusqu'aux vitraux de la cathédrale, au passage des divisions en retraite. Après les civils refluant par centaines de milliers, les rares habitants qui n'avaient pas fui voyaient se défaire le dernier obstacle à la progression des armées ennemies. La Croix-Rouge évacuait les blessés de la chapelle Sainte-Foy que l'orage de la nuit avait inondée. Des infirmiers couraient après les malades de l'hôpital psychiatrique qu'un camion venait de déposer là, sans surveillance, après le bombardement. Après s'être reposés quelques heures, René et Gontrand marchaient à contre-courant de la débâcle, à la recherche du préfet Moulin. Ils le trouvèrent, tête nue, un imperméable passé sur son uniforme à galons dorés, qui tentait de remonter le moral des soldats du 7e RDP même s'il ne croyait pas à ses propres prédictions.

— Nous allons nous accrocher aux rives de la Loire. Pas un Allemand ne la franchira !

Le commandant d'un groupe de chenillettes s'arrêta près de lui.

— Que Dieu vous entende ! Ils sont à moins de vingt kilomètres. Ils emportent tout sur leur trajectoire. Les seuls qui ont réussi à leur résister, ce sont les régiments coloniaux... Des Sénégalais, des Marocains, des Algériens... Ils se sont fait tailler en pièces.

René, dont les seuls éléments de tenue militaire se résumaient à ses bandes molletières, à son revolver passé à la ceinture, exécuta un impeccable salut devant le représentant de l'État.

— Je voulais vous faire notre rapport... Nous aurions préféré avoir d'autres cibles au bout de nos fusils, mais nous avons pu débarrasser la ville de la menace des chiens errants. Plusieurs avaient la rage. On a brûlé les cadavres. Nous sommes à votre disposition.

La majeure partie de son administration était disséminée sur les routes, et le préfet Moulin ne pouvait compter que sur les bonnes volontés. Il n'avait pas que ces problèmes de chiens errants à régler. Il lui fallait jour après jour trouver assez de pain, de légumes, de viande pour nourrir les milliers de personnes en transit par la ville, assez de lait pour les enfants, assez de médicaments pour les malades, les blessés, les grabataires. Afin que nul ne puisse dire que la légalité n'était plus de mise nulle part, le préfet assistait aux ouvertures forcées des commerces abandonnés, couvrant la réquisition sauvage de sa seule présence.

Luray 17 juin 1940, 5 heures du matin.

Quelques kilomètres avant Chartres, des officiers allemands avisèrent une maison bourgeoise édifiée au milieu d'un parc. Ils décidèrent d'aller s'y rafraîchir après deux jours de ruée dans la poussière et le feu. Leur command-car fit une embardée, traversa la pelouse pour stopper devant la façade aux volets clos. Les crosses des fusils martelèrent le bois de la porte dont la serrure céda bientôt. Une vieille femme, elle avait soufflé quatre-vingt-trois bougies quelques mois plus tôt, se tenait dans le couloir étroit. Elle faisait de son maigre corps un rempart aux intrus. Un ordre bref. Elle fut traînée sur l'herbe, sans ménagement, collée au tronc d'un immense tilleul.

Les détonations réveillèrent sa petite-fille qui dormait au premier étage. C'est elle qui, au soir, devra creuser la tombe, sous le regard amusé des sentinelles.

Chartres 17 juin 1940, 22 heures.

Le préfet Moulin avait refusé de signer le papier sur lequel il est écrit que les troupes nègres, selon leur habitude, ont violé des femmes, démembré des hommes, et que les troupes allemandes ne peuvent être tenues pour responsables de ces exactions. On l'avait frappé pendant des heures, puis dans une morgue improvisée on l'avait précipité sur les corps mutilés. Les chairs bouleversées témoignaient des bombardements aveugles. Tout ici contredisait les hurlements des bourreaux. Pour finir, ils l'avaient conduit à quelques centaines de mètres de la place des Épars, dans un immeuble isolé où un Feldwebel équipé d'une lampe sourde l'avait jeté, d'un coup de pied, dans une pièce carrée. Un soldat sénégalais était allongé sur un matelas posé à même le sol.

— Puisque tu les aimes tellement, les nègres, on t'a fait un cadeau... Tu vas pouvoir coucher avec eux !

Il s'était écroulé dès que les pas s'étaient éloignés dans le couloir, se laissant aller à la douleur, au découragement, à l'abandon de soi. Cela n'avait duré que quelques instants, mais dans sa conscience, c'est une éternité plus tard qu'il avait senti une présence à ses côtés. L'Africain se tenait près de lui, dans la pénombre, un quignon de pain noir à la main, un peu d'eau au fond d'une bouteille brisée posée à ses pieds. Répondant à un mouvement de tête du préfet, il avait approché la bouteille des lèvres tuméfiées pour y verser doucement le liquide tiède.

— Je te remercie... Qu'est-ce que tu fais ici ?

— J'attends qu'on me fusille, mon capitaine...

— Je ne suis pas capitaine... Ce n'est pas un habit militaire... Je suis le préfet d'Eure-et-Loire, mon nom est Jean Moulin. On ne peut pas te fusiller comme ça. C'est contraire à toutes les lois de la guerre. Qu'est-ce que tu as fait ? Tu es passé en jugement ?

— Non, mon capitaine... On nous a dit de nous battre pour défendre Chartres, et on s'est battus comme des lions. Notre groupe, c'est comme ça qu'il s'appelle, les Lions de Casamance... On a tenu pendant trois heures contre leurs tanks, mais il y avait trop de blessés, trop de morts : il a fallu se replier. Plus personne n'était là pour commander. Avec deux frères du village, on s'est mis à l'abri dans une ferme pour continuer à tirer. Ils ont été tués tous les deux, et quand ils m'ont fait prisonnier, ils ont dit que mon unité s'était rendue, que je n'étais pas un soldat régulier mais un franc-tireur. C'est pour ça qu'ils vont me fusiller... Je peux te demander quelque chose, capitaine ?

Le préfet se pencha lentement pour tremper un petit morceau de pain dans l'eau.

— Je n'ai plus beaucoup de pouvoirs, mais demande toujours…

— Ils ne fusillent pas les officiers… Mon nom, c'est Abdou Sowal et j'habite un village au bord du fleuve près de Ziguinchor. Mon jeune frère Mamadou, le fils de mon père et de ma mère est lui aussi soldat français, au 25ᵉ régiment de tirailleurs sénégalais. Sa division est stationnée près de Lyon. Je voudrais que tu lui dises que j'ai fait tout mon devoir et que je n'ai pas été lâche au moment de mourir. Tu me le promets ?

Le préfet serra la main qui s'offrait avant de s'évanouir. Il reprit ses esprits au petit matin et s'aperçut que le soldat africain l'avait installé sur le matelas tandis qu'il dormait, lui, à même le sol enroulé dans une couverture. L'angoisse l'étreignait à l'idée de devoir repasser entre les mains de ses bourreaux. Pas la peur des coups, non, seulement celle de ne pas être assez fort pour y résister. Il se voyait prendre le stylo et signer le papier d'infamie qui accusait les compagnons d'Abdou de crimes aussi effroyables que mensongers. Il tendit le bras vers des débris de carreaux qui jonchaient le sol, depuis les bombardements, en préleva un dont il essaya le tranchant sur le bord du matelas, puis l'approcha de sa gorge qu'il entailla profondément. « *Quand la résolution est prise, il est simple d'exécuter les gestes nécessaires à l'accomplissement de ce que l'on croit être son devoir.* »

Chartres 18 juin 1940, 6 heures du matin.

Abdou Sowal était agenouillé près du corps du préfet quand les sentinelles ont fait irruption dans la pièce. Son regard ne pouvait se détacher de la blessure.

— Tu n'as pas le droit… Tu as promis de parler à mon frère…

Le blessé trouva la force de se redresser.

— Il le fallait… Je dois mourir moi aussi…

L'un des soldats s'était agenouillé pour plaquer un linge sur la plaie béante autour de laquelle s'était coagulé le sang, tandis que les deux autres se saisissaient de l'Africain.

— Tu vois bien ce qu'ils valent ! Tu les protèges, mais à la première occasion, ils t'égorgent. Ils ne peuvent pas se retenir, c'est plus fort qu'eux.

Le préfet rassembla encore assez d'énergie pour lui répondre.

— Ce n'est pas lui qui a voulu me tuer… C'est moi, et moi seul qui en suis responsable.

Lyon, 19 juin 1943, 13 heures.

L'ancien préfet noua son écharpe afin de masquer la cicatrice qui lui barrait le cou et qu'il s'était infligée trois ans plus tôt presque jour pour jour. Que de chemin parcouru depuis cette nuit de déses-

poir ! Il était aujourd'hui aux commandes d'une véritable armée secrète. Depuis l'entrée en guerre des
États-Unis et la défaite de Stalingrad, les jours de
domination des divisions nazies étaient comptés. Il
longea les grilles avant de pénétrer dans l'enceinte
du parc de la Tête d'Or, entouré par une cohorte
d'enfants qui réclamaient « Guignol ! » sur l'air des
lampions. Installé au milieu d'une estrade, un orchestre militaire jouait une valse viennoise pour un
public de soldats et de vieillards qui se chauffaient
au soleil. Il n'avait rendez-vous qu'une heure plus
tard avec Bouchinet-Serreulles revenu depuis trois
jours d'une mission périlleuse à Londres. D'après
ce qu'on lui avait rapporté, l'atterrissage sur le terrain clandestin « Marguerite » en périphérie de Mâ-
con, avait failli être annulé en raison d'une météo
exécrable. Le pilote, un Anglais du nom de Verity,
avait dû s'y reprendre à trois fois pour poser son bi-
moteur Hudson sur la luzerne. Il était reparti pour
Londres en faisant un crochet par l'Algérie, afin
d'échapper à la DCA allemande, lesté de neuf pas-
sagers dont Henry Frenay. L'ancien préfet, s'il
avait hâte de savoir ce qui se disait en Angleterre,
avait déjà décidé de sa ligne de conduite : il était
maintenant indispensable de revoir, de reconsidérer
la coordination des différentes organisations militaires de la Résistance, aussi bien en zone Nord
qu'en zone Sud. Il s'avérait nécessaire de structurer
les états-majors, d'instaurer une discipline rigou-
reuse, de la faire accepter par chacun des chefs de

réseaux qui n'agissaient trop souvent qu'en fonction des intérêts de leur chapelle. Une réunion de la plus haute importance pour l'avenir du pays devait se tenir au cours des prochains jours, sur les hauteurs.

Solange, la jeune femme qu'il devait rencontrer, juste avant le contact avec Bouchinet-Serreulles, ignorait qui il était et ce qu'il faisait. Elle occupait un emploi de secrétaire à la préfecture du Rhône, dans le département qui vérifiait les listes servant à l'établissement des cartes de rationnement. Elle faisait partie de ces dizaines d'anonymes sans lesquels rien de grand n'est possible. Depuis plusieurs mois, elle subtilisait des formulaires administratifs vierges, des empreintes de tampons encreurs, dont les faussaires avaient le plus grand besoin pour confectionner leurs impeccables trompe-l'œil. Elle s'était assuré la complicité d'un fonctionnaire apparemment sans importance, un rescapé de la Grande Guerre qui martelait de sa jambe de bois les sous-sols de la préfecture où il était chargé de détruire, dans la chaudière, toute la paperasserie inutile que générait l'activité des services. En fait, sous des dehors d'employé modèle, il dissimulait une activité d'espion, triant, archivant les brouillons, les notes de synthèse, sauvant du néant les projets de mémorandums. Trois semaines plus tôt, par l'intermédiaire de la boîte aux lettres de la rue Centrale, l'ancien préfet avait fait parvenir à Solange une demande de renseignements sur les conditions de la reddition de

Lyon le 20 juin 1940, le rôle joué par les troupes
coloniales, l'attitude des étrangers, sans lui fournir
davantage de précisions. Il vint s'asseoir sur le
banc, face au stand du marchand de glaces, et attendit qu'une jeune femme, en passant, fasse tomber
son mouchoir. Il observa le ballet des esseulées, les
yeux braqués au sol sur les chaussures qui re-
muaient le gravier de l'allée, avec ou sans talons
jusqu'à ce qu'un carré de soie blanche virevolte
avant de se poser sur la pointe d'une bottine noire.
Il leva lentement le regard sur les jambes galbées, la
robe plissée, le corsage brodé recouvert d'une veste
de tailleur, le visage enfin encadré de mèches blon-
des inondées de soleil. Il se redressa, couvrit les
quelques mètres qui les séparaient, se baissa pour
ramasser le linge.

— Cela pourrait vous manquer...

Comme il s'y attendait, elle répondit.

— Oui, d'autant que je suis enrhumée...

— Je vais vous prendre le bras, si cela ne vous
gêne pas. Nous pourrons discuter en marchant...

Il l'entraîna tout d'abord vers le lac sillonné par
les canoteurs, avec au loin des naufragés volontaires qui jouaient à Paul et Virginie sur les minuscules îles artificielles du Cygne ou des Tamaris.

— Je ne sais si je peux vous le demander, mais
pourquoi prenez-vous tous ces risques, à votre
âge ?

Elle se tordit la cheville sur un caillou. Il sentit
son corps peser contre le sien.

— Excusez-moi… Ma tante tenait un café, près du pont Lafayette… Quand les Allemands sont entrés, elle a refusé de servir un groupe de soldats qui avaient fait irruption chez elle. Ils l'ont immédiatement fusillée, contre le parapet.

Ce n'est pas le soleil qui obligea Moulin à fermer les yeux, mais le souvenir de cette femme de quatre-vingt-trois ans assassinée dans les mêmes conditions, à Luray, près de Chartres, trois ans plus tôt, et que sa petite-fille avait dû enterrer.

Ils dépassèrent la pointe extrême du zoo où un lion de l'Atlas promenait sa carcasse, indifférent aux sarcasmes des gamins.

— Vous avez pu rassembler quelques informations ?

— Oui, mais j'ignore ce qui a de l'importance pour vous…

Ils empruntèrent le chemin du lac, en direction de la roseraie. Devant un mur de fleurs, un photographe installait les invités d'une noce sur des gradins.

— Tout m'intéresse. Je vous écoute.

— Comme toutes les agglomérations de plus de 20 000 habitants, Lyon a été déclarée ville ouverte le 19 juin puis livrée à l'ennemi. On avait évacué tous les enfants des écoles vers l'Ardèche. Plus de la moitié des habitants avaient déjà fui sur les routes, par crainte des bombardements, alors que dans le même temps, des milliers de réfugiés arrivaient des départements du Sud poussés par la crainte d'être pris sous le feu de l'artillerie italienne. Ils étaient dirigés vers les hangars de la Foire. Les autorités étaient totalement dépassées. Les seules décisions qu'elles ont été capables de prendre, ç'a été d'incendier les réservoirs d'essence du Port-Rambaud, face à la Mulatière, et de faire sauter les dépôts de munitions des forts de ceinture.

— J'aurais agi de même. On m'a pourtant parlé de quelques combats sur la Saône...

Ils s'arrêtèrent un instant devant une nuée de poussins nageant autour de deux poules macreuses.

— Oui, au nord de Lyon, à hauteur de Montluzin, les hommes de deux bataillons du 25e régiment de tirailleurs sénégalais ont tenté de retenir l'avancée des troupes blindées. On m'a raconté qu'une cinquantaine d'entre eux se sont repliés dans un couvent, autour d'une batterie de 75, qu'ils ont réussi à s'accrocher à leur position une bonne partie de la journée. Plus de la moitié sont morts au combat. Les survivants ont été mitraillés au moment de leur reddition, les servants de la batterie ont reçu une balle dans la nuque, tandis que les blessés sont passés sous les chenilles d'un tank. Une deuxième bataille d'importance a eu lieu un peu plus avant, au fort de la Duchère. Une trentaine de Sénégalais ont été exécutés dans les fossés pour avoir fait feu sur les colonnes allemandes, leurs dépouilles déposées à l'hôpital Desgenettes. En milieu d'après-midi, on signale les derniers échanges de tirs entre les Allemands et des légionnaires, de-

vant le cimetière de Caluire. C'est par la place Castellane puis la Descente des Soldats qu'ils sont
entrés dans la ville…

Ils avaient longé le périmètre du lac en contour-
nant les serres du jardin botanique, pour revenir à
leur point de départ, près de l'enclos du lion de
l'Atlas. Moulin jeta un coup d'œil rapide à sa montre.

— J'ai encore un petit quart d'heure. Vous avez
soif ?

Le visage de Solange s'éclaira d'un sourire.

— J'ai quitté le travail en catastrophe pour venir
ici. Je n'ai pas eu le temps de déjeuner…

Ils s'installèrent pour boire une limonade dans la
salle de la buvette des Cygnes, sous des affiches
aux couleurs éclatantes : « Parc de la Tête d'Or, Exposition d'Indigènes de Tous Pays, 300 spécimens »,
« Village Noir des Sarakolés à la Tête d'Or : la dé-
pouille du Grand Chef Mamadou Lamine », « Le
combat des Amazones de Dogba ».

— Est-ce qu'il vous est possible d'avoir la liste
de ces soldats africains qui sont morts à Montluzin,
à la Duchère ?

— Oui, je sais où la trouver.

— Cela fait plusieurs mois que je suis à sa recherche. Je dois accomplir une promesse et retrouver le frère d'un ami. J'ai une dette à son égard.
C'est curieux, il avait le même prénom que ce chef
Sarakolé : Mamadou. Le problème, c'est que je ne
parviens pas à me souvenir de son nom… Il est là,

dans un recoin de ma mémoire, mais je suis incapable de le faire remonter à la surface.

Elle se leva la première, lui tendit la main. Il l'accompagna jusqu'à la terrasse de la buvette.

— Je la dépose dans la boîte aux lettres ?

— Non, je n'y retournerai pas ces prochains jours. Vous recevrez un message demain, dans la journée, qui vous indiquera un nouveau lieu de rendez-vous. À bientôt.

Il la regarda s'éloigner vers la porte qui donnait sur le Rhône. Elle croisa Bouchinet-Serreulles qui marchait en sifflotant pour se donner une contenance. Moulin l'observa pendant deux longues minutes, et ne décelant rien d'anormal dans son entourage, il vint à sa rencontre.

Lyon, 21 juin 1943, 6 heures 30.

Le temps estival des deux jours précédents avait laissé place à une pluie fine. Le quai, face à la gare Perrache, était animé par les seules silhouettes furtives des ouvriers qui se rendaient au travail. Ils ne s'éternisaient pas, la casquette vissée sur le crâne, les épaules relevées sous le crachin qui transperçait les vêtements. Solange était arrivée depuis maintenant dix minutes. Elle ne cessait de baisser son parapluie sur ses traits pour atténuer cette désagréable impression d'être aussi visible que la basilique de Fourvière. Elle l'aperçut enfin qui descendait d'un gazogène, à l'entrée du pont sur le Rhône, tandis que deux charrettes de paille tirées par des percherons se dirigeaient vers le parc à fourrages de la rue du Lac. Dès qu'il fut près d'elle, il ôta son chapeau, s'inclina pour la saluer.

— J'ai eu peur que vous soyez déjà partie... Une autre de ces charrettes a versé, un peu plus haut, et il a fallu faire le tour du quartier... J'étais à des centaines de kilomètres d'ici, il y a trois ans. Là-bas aussi, comme aux portes de Lyon, ce sont les troupes coloniales qui ont sauvé l'honneur de la France. Vous avez réussi à mettre la main sur les noms de ces braves ?

Solange souleva son parapluie pour l'abriter de l'averse.

— Ils ont été les derniers à se battre, mais ils ont aussi été les premiers à résister...

— Comment ça ? Qu'est-ce que vous voulez dire ?

Elle lui mit d'autorité la canne du parapluie dans la main afin de pouvoir fouiller dans son sac.

— J'ai également trouvé ça dans un dossier du bureau des étrangers.

Il vint se placer sous un réverbère pour prendre connaissance du document qu'elle lui tendait. Il émanait du chef d'escadron Roussel, commandant la section de Lyon, 14e légion de la gendarmerie nationale. Il était daté du 29 juin 1940. Les conditions du cantonnement des Nord-Africains au camp du Revoyet motivaient la rédaction du rapport :

« *Le pain qui est actuellement livré au cantonnement des Nord-Africains de l'usine du Revoyet est
moisi jusqu'au cœur dans la proportion de 50 %. Il
doit avoir une quinzaine de jours de fabrication environ. Le Médecin de la formation a interdit de distribuer ce pain moisi, pour éviter aux gens
cantonnés des indispositions graves. À la suite du
triage de ce pain, il n'en reste qu'à peine pour le
premier repas du 29 juin 1940. En raison de la
chaleur, il y a urgence à percevoir du Crésyl pour
désinfecter les chambres, et du Chlorure de chaux
pour désinfecter les feuillées. Selon le médecin, des
épidémies graves sont à craindre si le nécessaire
n'est fait d'extrême urgence dans cet ordre d'idées.
Il serait indispensable de distribuer une chemise à
chaque homme cantonné. Les intéressés portent du
linge datant de 15 et même 30 jours. La perception
de savon et de brosses à main pour le lavage du
linge serait très utile. Il est urgent, également, de
percevoir des balais de bouleau pour le nettoyage
du cantonnement. Cette demande a été faite déjà et
n'a pas reçu satisfaction. Aucune évasion n'est à
signaler.* »

Moulin lui rendit le rapport dactylographié.

— Pourquoi les avaient-ils arrêtés ?

— Aucune autre raison que leur origine. Plusieurs
centaines d'autres Algériens et Marocains, des militaires ceux-là, étaient parqués au manège de la Quarantaine, square Saint-Georges. Lisez cela aussi…

Le document, cette fois, était manuscrit. Il avait été rédigé par un gardien de la paix de première classe du poste de police de la Cité, le 22 juin 1940, pour être transmis le jour même au Secrétaire général pour la police de Lyon.

« *J'ai l'honneur de vous rendre compte qu'à 23 heures par ordre de Monsieur l'Officier de Permanence, j'ai requis une voiture automobile du service des Pompes Funèbres pour transporter trois corps à la Morgue ; ces derniers avaient été abattus à coups de revolver dans les caves de la Préfecture par ordre de l'Autorité Allemande. J'ai assisté à la fouille des corps et signé le registre en présence du préposé des entrées. Le 1ᵉʳ qui est de race noire, n'avait ni papiers et argent. Il portait un complet noir, chaussures jaunes, une casquette claire, ce dernier qui est de forte taille mesure 1 mètre 75 environ. Le 2ᵉ, un Arabe, des papiers trouvés sur lui m'ont fait connaître qu'il se nomme Mohamed Ben-Salah et qu'il travaille à l'usine Schneider, il était en possession d'une somme de 5 francs 50 centimes de monnaie Algérienne, et 2 francs en monnaie Française, il était vêtu d'un complet gris clair, chaussé de brodequins. Cet Arabe qui est d'une taille moyenne porte la barbe. Le 3ᵉ, un Arabe également, se nomme Mohamed Ben-Ali, a le même signalement que Mohamed Ben-Salah, et travaille au même endroit, il était en possession d'une somme de 483 francs 05.* »

L'ancien préfet relut la phrase par laquelle ce

fonctionnaire ordinaire n'oubliait pas, au regard de l'Histoire, de fixer la responsabilité de la mort de ces trois hommes « *par ordre de l'Autorité Alle-mande* ». Solange rangea le papier dans son sac. Elle feuilleta un petit carnet rempli de notes tracées d'une écriture nerveuse.

— Pour les événements de Montluzin et de la Du-chère, c'était impossible de prendre les documents, tout était relié... J'ai relevé les noms, j'espère que je vais arriver à me relire...

Une bourrasque fit voler les pages, et ils décidè-rent de traverser la rue pour aller se mettre à l'abri sous un porche. Moulin se pencha au-dessus de son épaule. Il parcourut la série de noms classés par ordre alphabétique : Aladji Diop, Badiane Gora, Cire Sy, Dieng N'Gor, Falaye Konde, Mody Bai-del, Ouma Cissé, Sadio Augustin, Sidiki Togola... Le rythme de son cœur s'accéléra brusquement quand il lut celui qui suivait : Mamadou Sowal. Il se revit soudain allongé sur le matelas, au milieu des débris jetés par les bombardements, la chemise imbibée de sang, veillé par Abdou Sowal.

— Ça ne vous embête pas de me donner une feuille de votre carnet ?

Il prit un crayon dans sa poche et nota le nom de Mamadou Sowal qu'il compléta avec ceux des Al-gériens assassinés à la Préfecture : Mohamed Ben-Salah et Mohamed Ben-Ali.

— Merci Solange. Vous ne pouvez pas savoir la valeur du service que vous venez de me rendre.

Et comme elle lui tendait la main pour prendre congé, il fit un pas en avant et l'embrassa sur les joues sans savoir que c'était là son dernier baiser. Quelques heures plus tard, vers quinze heures, il descendit du tram 33 à l'arrêt le plus proche de la mairie de Caluire, et se dirigea sous la pluie vers les platanes de la place Castellane. Il se tenait assis dans la salle d'attente attenante au cabinet médical quand les hommes de Klaus Barbie firent irruption dans la maison du docteur Dugoujon où les chefs de la Résistance avaient décidé de se réunir. Dès qu'il entendit le pas précipité des soldats, Jean Moulin roula en boule le fragment de papier, au fond de sa poche, puis il le jeta sur le parquet avant de le faire disparaître, en s'aidant du bord de son soulier, entre deux lattes disjointes.

Puis, plus jamais on ne parla de Mamadou Sowal, Mohamed Ben-Salah et Mohamed Ben-Ali.

DEAD DAY IN DEAUVILLE

Après une semaine passée à arpenter les falaises d'Omaha Beach pour les commémorations du soixantième anniversaire du D. Day, le général Dunhill avait refait la route de l'offensive victorieuse qui l'avait mené du sable normand gorgé de sang jusqu'aux portes des crématoires du camp de Bergen-Belsen. D'un cercle de l'enfer à un autre... Il ne faisait pas partie des premières vagues d'assaut, en sa qualité d'officier supérieur, et quand il avait débarqué à la pointe du Hoc, le 8 juin 1944, les mouvements de la marée ne ballottaient plus un seul cadavre de Ranger. Sur les hauteurs, près des casemates détruites par les canons de marine, on enterrait les corps des Allemands de la 352e division dans des tranchées provisoires, avec en guise d'oraison funèbre une couche de chaux jetée à la pelle pour éviter les épidémies.

Après un détour par Bastogne, dans les Ardennes, il n'était resté que quelques jours en Allemagne,

déçu de ne rien reconnaître du Berlin divisé où il
avait joué au chat et à la souris avec les Soviétiques, au temps lointain du Mur et du rideau de fer.
L'aluminium brossé et le vitrage fumé des sièges
sociaux effaçaient peu à peu l'ancienne frontière de
l'affrontement nucléaire. Puis, au tout début du
mois, il était reparti vers les côtes françaises pour
assister aux premières courses de la saison sur l'hippodrome de Clairefontaine, à Deauville. Il ne pouvait pas se passer de la compagnie des chevaux,
son ranch du Texas lui manquait. Les cérémonies,
les fanfares aux éclats cuivrés, l'avaient rattrapé
le 4 juillet, jour de l'Indépendance américaine.
Une grande partie du matériel militaire qu'on avait
exhibé de Sainte-Mère-l'Église à Ouistreham, pour
épater Bush et Poutine, paradait sur les rosaces pa-
vées de la station balnéaire, et des centaines de ban-
nières étoilées flottaient aux balcons des immeubles,
au fronton des édifices publics. Pourtant la ville,
ainsi que Trouville sa fausse jumelle, devait sa libération aux volontaires de la brigade Piron, des
Luxembourgeois et des Bruxellois auxquels rendait
hommage le pont des Belges, jeté au-dessus de la
Touques. Des Citroën rutilantes, pleines de faux
FFI jusqu'aux marchepieds, défilaient sur la promenade d'Ornano, un ancien maire mort au milieu
d'un passage clouté. Suivaient les carrosseries galbées des Hispano-Suiza, des Packard ou des Voisin,
tandis que deux Piper survolaient les Planches en
rase-mottes, avant d'aller faire des acrobaties au-

dessus des flots gris de la Côte fleurie. Le général Dunhill avait décidé de résider au *Royal* plutôt qu'au *Normandy* afin d'accéder plus rapidement aux tribunes, et il se félicitait de son choix en marchant dans les rues envahies par des nuées de touristes. On sut plus tard qu'il avait misé cinq cents euros gagnants sur Castor du Vivier arrivé quatrième du Prix des Amis du mont Canisy, et trois cents euros placés sur Good Morling qui avait, lui, été disqualifié pour obstruction dans la dernière ligne droite du Prix du Journal du Pays d'Auge. Plusieurs fragments des billets perdants avaient en effet été retrouvés dans une des cabines de luxe des Bains pompéiens où gisait son corps dénudé à l'exception des palmes vertes passées à ses pieds, et du masque de plongée équipé d'un tuba qui dissimulait une partie de son visage. Le lieutenant de police Chirol s'était attardé au *Bar du Zoo*, à deux pas du commissariat, après avoir traîné aux alentours de l'hippodrome et assisté au feu d'artifice sur le front de mer. Il s'était ensuite installé dans son bureau, pour classer de la paperasse, et c'est vers minuit qu'était arrivé un coup de fil qui se voulait anonyme. La femme, un champ de tabac incendié dans la gorge, avait refusé par deux fois de décliner son identité, ignorant que son nom et son numéro s'affichaient sur le cadran du téléphone. Chirol avait fermé la fenêtre pour atténuer le cliquetis des drisses puis il avait baissé le rideau sur la forêt de mâts mouvants du bassin Morny. La simple vue des yachts, pressés les uns contre les autres comme des lingots d'or blanc dans leur coffre-fort liquide, lui donnait la nausée.

— Il est dans quelle cabine exactement ?

— Pas celle de Kirk Douglas, celle d'après... Le King quelque chose, je crois... Un truc dans le genre.

— Vous voulez sûrement parler de King Vidor...

Si Chirol n'avait jamais demandé de mutation malgré sa répulsion pour tout ce qui est censé faire le charme des stations balnéaires, c'était uniquement dû à sa passion pour le cinéma américain, au bonheur qu'il éprouvait, chaque automne, au moment du Festival, à organiser la sécurité du séjour de Clint Eastwood, de Sharon Stone, de Harrison Ford, de Julia Roberts ou de Quentin Tarantino... Chaque alvéole des Bains pompéiens était baptisée au pochoir, une inscription rendait hommage à l'un de ces dieux de l'écran, et il savait que la mémoire de King Vidor, le cinéaste de *La Foule*, était honorée entre Kirk Douglas et Gloria Swanson.

— Qu'est-ce que vous fichez là à une heure pareille ? C'est fermé, les bains de mer...

— Si je rends service, c'est pas pour me faire engueuler.

Et elle avait raccroché. Pendant quelque temps, Chirol avait tenu la comptabilité des points de son permis de conduire avant de renoncer et de vendre sa voiture. Défaut de ceinture, conduite en état d'ivresse, mépris affiché de la signalisation... Vers la fin, il était en négatif, le dépliant rose avait viré au noir. Maintenant, quand il ressentait le besoin de voyager au loin, il posait le coude sur un zinc et laissait éclater sur sa langue les parfums subtils d'Irlande, d'Écosse ou du Kentucky. Pour se déplacer, Chirol faisait appel à un flic de permanence, il en connaissait des sobres. Le plus souvent, il enfourchait son vélo. Il ne lui avait pas fallu plus de cinq minutes pour traverser la ville et venir appuyer cadre et guidon contre les mosaïques polychromes du camp romain. Des rafales faisaient grincer les coupe-vent dressés devant la promenade des Planches dont le bois d'azobé luisait sous la lune. Le roulement montant des vagues, l'alignement des cabines, tout donnait l'illusion de se trouver sur le pont désert d'un transatlantique. Un couple d'adolescents fumait et se bécotait dans le renfoncement de la cabine Stanley Kramer. La gamine lui adressa un sourire après avoir tiré sur le joint quand il marqua une pause en passant devant elle.

— Il y a eu du grabuge dans le coin et les flics vont débarquer d'ici peu... À votre place, j'en changerais...

Il avait attendu qu'ils disparaissent vers les coques en voile de béton de la piscine olympique pour pousser la porte dédiée à King Vidor. Sa correspondante à la voix rauque ne lui avait pas menti, le corps d'un vieillard faisait une tache blanche sur le sol peint. Il était allongé sur le dos, jambes écartées, le sexe flasque, les deux palmes vertes dressées. Le verre du masque de plongée faisait un effet

de loupe sur les yeux grands ouverts. Chirol se
baissa pour vérifier, par acquit de conscience, que
le type était bien mort et c'est à cet instant qu'il remarqua qu'on avait glissé un petit bout de papier
dans l'extrémité supérieure du tuba. Il le saisit déli-
catement, du bout des doigts, et lut les mots écrits
au stylo bille bleu sur un morceau de ticket du cheval numéro 7 au départ de la 3e course de l'après-
midi : Dunhill@Dumont. Il glissa la coupure dans
l'une des pochettes transparentes de son portefeuille et composa le numéro du juge d'instruction
sur le cadran de son téléphone portable. Une demi-
heure plus tard, une frontière de plastique rouge et
jaune fluo courait de la fontaine aux bains chauds,
englobait une partie des alvéoles et des galeries à
portiques. L'équipe de la police judiciaire, celle du
Samu, les deux gars de l'Identité et la journaliste
localière de l'édition du *Pays d'Auge* sillonnaient le
site en tous sens, sous le regard fataliste de Chirol,
sans se soucier de préserver d'éventuels indices. Il
n'avait pas fallu beaucoup de temps pour mettre la
main sur les vêtements dont on avait vraisemblable-
ment dépouillé le cadavre. Ils étaient rassemblés en
tas chez les frères Joel et Ethan Coen, sous une
photo de John Turturro extraite de *Barton Fink*. Les
papiers glissés dans la poche intérieure de la saha-
rienne établissaient qu'il s'agissait du général Gerald Dunhill, né le 11 septembre 1919 à Reunion,
dans l'État du Texas. Un trou aux franges brûlées,
dans la chemise gorgée de sang, permettait de pen-

ser qu'il avait été exécuté d'une balle à bout touchant tirée à hauteur du cœur. La journaliste s'était approchée de Chirol. Elle avait passé la trentaine, mais pouvait encore se permettre de s'habiller comme les gamines, pantalon moulant à taille basse, chemisier noué à la corsaire au-dessus d'un nombril où brillait une pierre.

— Qu'est-ce que vous en pensez, lieutenant ?

C'était une fille correcte qui avait commencé sa carrière au Havre où elle s'était vue remerciée par son ancien employeur pour avoir eu raison trop tôt et n'avoir pas épargné les notables dans l'affaire de la Josacine trafiquée. Elle signait d'un pseudo, Laurence Galerne, qu'il n'avait jamais ressenti le besoin de percer. Il avait lu ses papiers au moment des deux derniers feuilletons en date de la chronique deauvilloise, le pétage de plomb du fils Depardieu dans une rue du centre-ville, après son opération de la jambe, et l'effroyable empoisonnement accidentel du fils Balladur au zinc d'un troquet de mauvais hasard. Pas un mot plus haut que l'autre, rien que des faits et de la compassion. Il avait apprécié.

— Pas grand-chose… D'après l'inventaire de ses poches, il était au *Royal* depuis avant-hier. Il venait de passer l'après-midi sur la pelouse de Clairefontaine. Il n'a parié que sur des toquards. J'ai reconstitué vite fait ses mises à partir des confettis. Aucun n'est arrivé dans les trois premiers. Sinon, le fric n'a pas l'air d'être le mobile : il se trimbalait avec deux mille euros en coupures de cinquante, et les billets n'ont servi qu'à éponger une partie du sang...

— C'est évident qu'il faut chercher ailleurs...

Le rythme cardiaque de Chirol s'était accéléré quand il avait planté son regard dans celui de la journaliste. Cela faisait longtemps qu'une fille ne lui avait pas fait autant d'effet. Pas simplement l'incroyable teinte grise de ses yeux, la douceur aussi qui en émanait. Il avait haussé les épaules, esquissé une moue à la Humphrey Bogart.

— Ah oui, pourquoi ?

— J'imagine qu'il n'est pas venu ici avec son attirail de plongée au fond d'un sac... Ça doit bien avoir une signification, cette mise en scène... Vous êtes un spécialiste du cinéma américain, d'après ce qui se raconte... King Vidor et les frères Coen, vous savez s'ils ont tourné des films sur la vie sous-marine, les scaphandriers ?

— Pas à ma connaissance... Mais c'est peut-être une métaphore : ils se sont pas mal intéressés aux bas-fonds...

Le policier avait à peine terminé de répondre, faisant naître un sourire sur les lèvres de son interlocutrice, qu'une Vel Satis noire conduite par un chauffeur vietnamien s'était arrêtée près des vasques plantées de rosiers nains. Le chef de cabinet du préfet s'était extrait de l'arrière de la berline, précédé d'un Yorkshire bondissant équipé d'un collier bleu ciel, un chiot excité qu'il ne cessait de chercher des yeux et d'appeler « William ! William ! ».

Il avait aussitôt rassemblé flics et journaliste, toubibs et juge sur une placette, devant l'ancien café-bar, puis s'était adressé à eux, William sous le bras. Entre-temps, quatre fonctionnaires couleur muraille avaient pris possession des lieux.

— Madame, messieurs… Je n'ai malheureusement pas beaucoup de temps à vous consacrer : je dois participer à la réunion d'une cellule de crise dans moins d'une heure, à la préfecture… Il m'est impossible de vous livrer le moindre détail. Sachez seulement qu'en considération des circonstances particulières, je veux parler des commémorations du sacrifice des troupes américaines pour la libération du pays normand, l'enquête sur l'assassinat d'un de ses héros, le général Dunhill, sera centralisée à Caen. Je n'invoquerai pas un quelconque « secret défense », je me contenterai de faire appel à votre sens des responsabilités, à votre discrétion. Nous publierons un communiqué dans la nuit et je vous demanderai de vous y tenir.

Il était reparti avec son clebs miniature tandis que le chef du quarteron cravaté distribuait des gants de ménagère à ses hommes pour le grand nettoyage. Laurence s'était penchée vers Chirol.

— Je vous raccompagne ?

— C'est gentil, merci, mais j'ai mon vélo…

Il aurait bien aimé profiter de l'ouverture, de l'aventure peut-être. Le problème, c'est qu'il se connaissait d'assez près pour savoir qu'il lui aurait tout lâché après deux verres et un regard mouillé. Il avait enjambé le cadre, s'était calé sur la selle étroite et s'était mis à pédaler en écartant légèrement les mollets pour éviter de coincer le bas de son pantalon dans la chaîne. Il habitait à l'angle de la rue Jean-Mermoz dans les combles du magasin du Printemps, un exemple d'architecture néo-normande flamboyante, vieille pierre, briques et pans de bois. Son appartement mansardé était né de la réunion de trois pièces minuscules destinées à l'origine aux valets de chambre de Vasco de Piccadilly, un masseur facial en vogue à Deauville dans les années vingt. Avant de se coucher, il avait fait des recherches sur son ordinateur, un verre de Laphroaig au parfum de tourbe près du clavier, pour entrer en contact avec l'adresse électronique trouvée dans le tuba, mais aucun annuaire au monde ne recensait de Dunhill@Dumont. En début de matinée, un ingénieur des télécoms qui lui était redevable pour un non-lieu dans un dossier de trafic d'influence s'était arrangé pour trouver l'adresse correspondant au nom et au numéro de la femme qui avait découvert le cadavre du général. Une location saisonnière dans un lotissement. Il avait effectué le parcours, debout sur le pédalier plus qu'à son tour, et après avoir repris son souffle, il l'avait surprise au saut du lit, dans le studio d'une résidence Merlin-Plage de Villers-sur-Mer. Vêtue d'une simple combinaison raccourcie, elle avait trimbalé sa quarantaine flétrie devant le policier, pris le temps d'allumer une Gitane avant de passer une robe de chambre molletonnée sur ses épaules nues.

— Comment vous m'avez retrouvée ?

— Il suffit de suivre les mégots... J'ai appris le métier en lisant le Petit Poucet... Qu'est-ce que tu foutais à Pompéi en pleine nuit ? Tu tapinais ?

— Si vous avez les questions et les réponses, c'était pas la peine de faire tout ce chemin... Je ne veux pas d'ennuis.

Chirol s'était avancé vers le petit balcon pour respirer autre chose que la brume épaisse qui sortait de ses poumons.

— Je ne t'ai encore jamais vue... Tu n'es pas en pied à Deauville...

— J'arrive, je suis là seulement pour la saison d'été. J'ai acheté un double de la cabine Mae West à un vigile, et quand je lève un micheton c'est là que je le traite. Vers minuit, je venais d'en raccompagner un alors que le feu d'artifice commençait à péter. À la lumière des fusées, j'ai aperçu une fille qui sortait de chez King Vidor... J'ai cru que la concurrence s'y mettait et je suis allée jeter un œil... La porte était entrouverte. Tu parles... Son client était dans un drôle d'état ! J'ai aussitôt composé le numéro d'urgence de la police et je suis tombée sur vous. Je n'en sais pas plus.

— Elle était comment ?

— Je n'ai aperçu qu'une silhouette, par intermittence, quand les rouges, les bleus et les verts claquaient dans le ciel... Je ne suis plus une jeunesse, mais celle-là elle en portait un paquet supplémen-

taire sur les épaules… Une allure de paysanne…
Un fichu ou un voile sur la tête…

Dans le hall, à cause de la bicyclette posée sous
la batterie des boîtes à lettres, il s'était fait engueuler par un copropriétaire qui s'était confondu en ex-
cuses quand Chirol avait fait prendre l'air à sa carte
barrée de tricolore. Il avait sué tout le whisky de la
veille dans les côtes, sur les faux plats, jusqu'au
parfum de tourbe. Les résultats des courses de la
veille, publiés par la page locale, lui apprirent que
le cheval numéro 7, dans la troisième, s'appelait
Castor du Vivier, qu'il appartenait à l'écurie Bro-
becker et avait fini quatrième du Prix des Amis du
mont Canisy. En bas, sous une publicité pour une
conférence sur Fernandel dans la galerie du Casino,
Laurence Galerne signait de ses seules initiales un
articulet concernant la découverte du corps d'un
homme sans vie, probablement un touriste américain, aux abords des Bains pompéiens. Il avait eu
envie de l'appeler pour lui dire qu'elle était rentrée
dans le rang, que Le Havre était loin désormais,
puis il s'était demandé au nom de quoi il lui ferait
la leçon. En fait, c'est elle qui avait composé son
numéro direct, un peu avant midi.

— Je suis au bout de votre rue, au *Drakkar*…
J'ai des choses à vous dire en privé…

— En privé ? Ce resto, c'est le quartier général
de toute la faune des pesages et du show-biz…
C'est bourré de paparazzi en embuscade, on risque

de se retrouver dans les pages people de *Gala* avant d'avoir levé le petit doigt…

Elle l'attendait sur la moleskine noire, devant une salade de pousses d'épinards et il avait commandé des rillettes de lisette suivies d'une purée à l'ancienne. Elle s'était penchée au-dessus de la table pour murmurer à son oreille, dès que le garçon s'était éloigné.

— Je sais pourquoi le préfet a mis le couvercle sur l'information de la nuit dernière. Il agit sur ordre. Ça vient de plus haut, du très chaud… En ligne directe d'Irak…

— J'ai vu les papiers du général. Né en 1919… Quatre-vingt-cinq ans aux premières neiges… Il était en retraite depuis plus de vingt piges. Qu'est-ce qu'il aurait été faire en Irak ?

— Je te dis que…

C'était la première fois qu'elle le tutoyait.

— Et moi je te réponds que si les stratèges du Pentagone utilisent leurs types jusqu'à la corde, ça explique l'ampleur du bordel qu'ils arrivent à mettre partout où ils posent leurs bottes !

Laurence s'était résolue à écrire quelques lignes sur le coin de la nappe en papier et lui avait tendu le rectangle après l'avoir déchiré : « *C'est pas lui, mais Junior. Je t'éclaire en sortant.* » Elle avait insisté pour payer, sur le compte du journal, et ils avaient longé les alignements de fausses pierres de taille peintes en trompe-l'œil de la Potinière, s'étaient arrêtés devant la boutique Hermès avant de remon-

ter vers la galerie du Casino. Ils s'étaient assis à
l'écart, sous un parasol blanc de la terrasse, pour
prendre un café. Laurence avait observé les convives des tables les plus proches avant d'ouvrir son
sac et de sortir une liasse de photocopies.

— Lis ce que j'ai souligné au stabilo… J'ai l'impression que c'est par là qu'il faut regarder.

Il avait immédiatement identifié la typographie
du *Monde* :

« PLAINTES DE DÉTENUS D'ABOU GHRAIB
CONTRE DES SOCIÉTÉS PRIVÉES.
New York, de notre correspondant.

Des poursuites ont été engagées cette semaine contre une entreprise privée américaine, Titania, ayant participé aux interro-
gatoires poussés à la prison d'Abou Ghraib, près de Bagdad.
Elles font référence au témoignage d'une victime, A.K., qui af-
firme avoir été contraint d'assister à la mise à mort de son père
âgé de 65 ans. Le groupe de tortionnaires, baptisé *"Titania team"*
aurait utilisé la torture électrique sur les parties génitales, pra-
tiqué l'arrachage d'ongles, les humiliations sexuelles. Le président de Titiana, Henry Dunhill, qualifie ces accusations de
"frivoles", *"d'irresponsables"* et de *"malveillantes"* : *"Nous
n'allons pas nous précipiter pour décider d'un jugement sur la
base de calomnies, d'insinuations, de rapports partiels, de spé-
culations et d'enquêtes incomplètes"*. Le corps du père d'A.K.,
exhumé selon ses indications, porte bien d'après les premières
constatations des marques de mauvais traitements. »

— Je commence à piger. Le « Junior » du *Drakkar*, c'est ce Henry Dunhill…

Elle avait trempé le carré de chocolat noir dans
la mousse de l'espresso avant de le faire glisser
entre ses lèvres.

— Oui, exactement. Il est né en 1953, et c'est le fils aîné du général Gerald Dunhill, le mort palmé. Il a fait West Point, major de sa promotion, la Somalie, le Kosovo et la guerre du Golfe en 1990, mais les affaires l'intéressaient davantage que la carrière militaire. Il gère une véritable armée de mercenaires chargés de sécuriser les gisements pétroliers et de former les futurs cadres de la police irakienne. Payés par les subventions de la Maison-Blanche. Les communiqués américains les désignent sous le terme de « contractants civils », mais la plupart ont été recrutés parmi les ex-miliciens serbes ou libanais, les Gurkhas népalais, les gardes sud-africains, les rescapés des coups d'État comoriens… Les quatre employés dépecés par la foule, à Fallouja, faisaient partie d'une de ces boîtes, tout comme l'Italien exécuté par les rebelles, en direct à la télévision… On peut imaginer qu'un groupe islamiste travaille dans la même optique ici, à Deauville… Ils ont flingué le père à défaut d'atteindre le fils. Dis-moi si je délire…

Chirol lui avait fait cadeau de sa confiserie.

— Si la menace n'existait pas, ils n'auraient pas mobilisé des milliers d'hommes pour protéger George W. Bush lors des commémorations du débarquement… Mirages en alerte maximum, missiles sol-air Crotale déployés… Il y a une chose que j'ai oublié de te dire…

— Tu as des remords. C'est pour ça que tu essaies de m'acheter avec ton morceau de chocolat ?

Il s'était dit qu'il y avait du vrai là-dedans.

— J'ai été prévenu de la découverte du corps par une fille qui tapine dans le secteur des bains… Elle a aperçu une silhouette avec un fichu sur la tête qui sortait de la cabine King Vidor… Peut-être une femme voilée… Ce qui ne colle pas, c'est la paire de palmes, le masque et le tuba. Le Coran ne dit rien à ce propos. Il y a aussi ça…

Il prit son portefeuille dans la poche intérieure de sa veste et l'ouvrit sur le morceau de ticket où quelqu'un avait griffonné une adresse de messagerie électronique.

— Dunhill@Dumont ? Tu as essayé de savoir à qui elle correspond ?

— Bien sûr. J'ai passé deux heures à pianoter sur l'ordinateur du commissariat. C'est une impasse, ça n'aboutit nulle part… Pourtant, si l'assassin a placé ce petit bout de papier au bout du tuba, bien en évidence, c'est qu'il y a une raison…

Chirol avait ensuite accompagné la journaliste jusqu'aux Planches où se déroulait une course de voitures à pédales de collection. Le prince héritier d'une monarchie pétrolière nourrissait une passion dévorante pour les jouets de luxe, et il était parvenu à racheter une quinzaine de Citroënnettes, des réductions au quart des petits cabriolets 5 CV des années trente qu'André Citroën faisait défiler sur le bord de plage quand il venait passer ses vacances dans sa villa des Abeilles, près du port. Laurence se proposait de faire un papier soulignant ce paradoxe d'un magnat de l'or noir récompensant une épreuve automobile basée sur la seule force des mollets. Le policier de garde à l'entrée du commissariat s'était précipité vers le lieutenant dès son retour.

— Une vieille femme est passée tout à l'heure, vous veniez à peine de sortir… Elle a déposé cette lettre à votre intention…

— Elle était comment cette vieille ? Voilée ?

Le planton s'était mis à rire.

— Voilée ? Pourquoi elle aurait été voilée, chef ? Non, c'était une femme normale, avec un foulard sur les cheveux, comme celles qui vendent le poisson sur les quais…

Il avait ouvert le pli en grimpant les escaliers, et c'est sur le palier qu'il avait tiré la carte qu'il renfermait. Il avait reconnu l'écriture tracée au stylo bille bleu, comme sur le ticket, puis son regard s'était troublé, ses mains s'étaient mises à trembler. Il était entré dans son bureau et avait fermé la porte à clef, s'était assis pour retrouver le calme. Et lire dix fois de suite le message, sans en épuiser le sens.

« *Pratiquement rien dans la presse, rien à la radio, rien à la télévision. Je vous ai vu cette nuit autour des Bains pompéiens. Il a enfin payé parce que Dunhill est (@) Dumont.* »

Le téléphone avait sonné à de nombreuses reprises sans qu'il décroche, on avait cogné à la porte, on avait appelé. En vain. Une heure plus tard, il en était toujours au même point, devant une équation impénétrable :

Dunhill@Dumont = Dunhill est Dumont.

Il n'avait pas réussi à joindre Laurence de tout l'après-midi, se contentant, en désespoir de cause, d'inonder son répondeur de messages sibyllins à propos de la signification exacte de l'arobase, de l'*at*... Elle lui avait enfin demandé de la retrouver au bar du *Regine's* où elle devait interviewer Annie Goude, la patronne de la boîte la plus branchée du secteur. Il s'était installé à l'écart avec une coupe de champagne offerte par la maison, le temps qu'elle termine l'entretien.

Il connaissait bien les lieux, grâce à ses prestations de *body guard*, pendant le Festival, et se souvenait d'une nuit de folie, quand Julia Roberts était venue présenter *Pretty Woman*, qu'elle avait dansé pieds nus sur les banquettes en compagnie de Michael Douglas, il se rappelait aussi d'Ewan Mc Gregor offrant des tournées générales avec l'argent de *La Guerre des Étoiles*... Il toisait les nouveaux arrivants, et en ce début juillet n'avait vaguement reconnu que quelques stars en plaqué or rescapées de *La Ferme* ou des *Colocataires*.

Laurence l'avait rejoint, un daïquiri à la main.

— Je n'ai rien compris à tes histoires d'arobases... Tu es sûr que ça va bien ?

Chirol lui avait alors montré le message ainsi que ses équations.

— Je n'y comprends rien, mais je vais bien quand même... Elle veut me dire quelque chose... Tu n'aurais personne, dans ton entourage, qui pourrait nous éclairer sur ce que signifie vraiment ce petit caractère : @, qu'on place dans les adresses électroniques…

Il avait ressenti une poussée de jalousie quand un type au physique de champion de surf avait embrassé Laurence en passant.

— C'était qui, si ce n'est pas indiscret ?

— John quelque chose… C'est le skipper qui a remporté la dernière régate de nuit Cowes-Deauville… J'ai pondu deux colonnes sur lui, et je ne me souviens même plus de son nom. On pourrait aller voir Bruno Vaillat… Il a mis au point les systèmes informatiques de réservation du *Normandy*, du *Royal*, près d'un millier de chambres. J'ai fait son portrait l'année dernière. Il a un ordinateur greffé à la place du cerveau…

Malgré l'heure tardive, le spécialiste les reçut dans la tourelle de sa villa plantée en haut d'une colline sur la route qui mène de Bénerville à Blonville. La façade ressemblait à un inventaire des poncifs de l'architecture néo-normande : balcons de bois saillants, lucarnes, clochetons, enchevêtrement de montants, d'arcs-boutants, de traverses, bow-windows, profusions de faîtières… Il avait patiemment écouté l'exposé de Chirol en faisant du thé dont il avait rempli trois tasses d'autorité.

— Je dois vous avouer qu'on ne sait pas grand-chose sur l'origine exacte de l'arobase que d'ailleurs les Américains préfèrent appeler « commercial at », les Allemands « singe-araignée », traduction littérale de *Klammeraffe*, tandis que les Israéliens la confondent avec un *strudel* et les Tchèques avec un « roll-mops »... L'adresse électronique, c'est plus simple. Elle a été mise au point en 1972 par un ingénieur du nom de Ray Tomlinson... Il existe des multitudes d'hypothèses. Des moines copistes du Moyen Âge auraient inventé ce caractère en forme d'escargot pour remplacer le latin *ad* qui veut dire « en direction de »... D'autres prétendent, sans plus de preuves, que l'icône viendrait de l'arabe *arrouba*, une mesure de poids de douze kilos... Ce dont on est sûr, c'est que les commerçants américains l'employaient au dix-neuvième siècle pour marquer les prix : par exemple, « Two @ $ 20 », ça voulait dire : deux livres de marchandises pour 20 dollars...

Chirol avait grimacé en buvant une gorgée du breuvage.

— Oh, c'est chaud ! Je n'ai pas l'impression que je vais aller bien loin avec cette explication... Dunhill vaut Dumont...

— Les documents les plus significatifs montrent que l'usage du signe était courant dans les courriers diplomatiques il y a plus d'un siècle. On écrivait par exemple Baron de Mortvilliers@Londres, pour indiquer le poste d'un ambassadeur ou d'un conseiller. Le caractère est apparu sur le clavier des machines à écrire au tout début des années quarante... Je dois vous avouer que c'est assez étonnant que vous soyez venus me parler des mystères de l'arobase...

Laurence avait reposé sa tasse sur la table basse en marqueterie.

— Et pourquoi donc ?

— Tout simplement parce qu'il y a eu un scandale le mois dernier, en Angleterre, dans le milieu fermé des cryptologues… Au cœur d'un article consacré aux festivités du soixantième anniversaire du débarquement, un historien a révélé que l'un des codes de l'opération d'intoxication *Fortitude* montée par les Alliés utilisait l'arobase, et il a publié une liste de patronymes réels avec leurs noms de code comme Pujol@Bovril… Quelques-uns des espions sont encore en vie, et il est de tradition, en Angleterre, de ne jamais les griller…

Chirol avait aussitôt sorti son portefeuille pour montrer une nouvelle fois le lambeau de ticket de course avec la marque au stylo bille, Dunhill@Dumont.

— Ça pourrait en faire partie ?

Bruno Vaillat avait à peine eu le temps de confirmer que la porte de la pièce en rotonde s'était ouverte, laissant le passage à une vieille femme. Il s'était levé d'un bond.

— Maman ! Qu'est-ce que tu fais debout à cette heure-là ! Nous t'avons réveillée ?

— Non mon garçon, il y a longtemps, des décennies, que je ne dors plus…

Puis elle s'était tournée vers le lieutenant et la journaliste.

— Je savais que vous arriveriez jusqu'ici… Et sincèrement, je le souhaitais… J'ai lu cet article en rangeant ce bureau, et c'est là que j'ai appris que Dumont était le pseudonyme sous lequel, en 1944, se cachait le général Dunhill…

— Maman, de quoi tu parles ?

Chirol avait vidé sa tasse, d'un coup.

— Laissez-la, elle a besoin de se confier à vous, à nous également…

Elle était allée s'asseoir en silence sous la reproduction d'une photo de Lartigue représentant le départ du vapeur de Trouville.

— Mon frère Daniel et moi, nous faisions partie d'un réseau de Résistance qui opérait plus au nord, entre Boulogne et Calais. Pendant des mois, celui que nous ne connaissions que sous le nom de Dumont nous a envoyé des messages, depuis Londres, pour nous expliquer que le débarquement aurait lieu sur les côtes du Pas-de-Calais. Une nuit, il nous a demandé de récupérer des hommes-grenouilles amenés par un sous-marin pour repérer les installations nazies. Les Allemands nous attendaient. Ils ont tous été martyrisés, déportés, fusillés. Je suis la seule rescapée. J'ai compris, bien plus tard, que ce Dumont nous avait bourré le crâne, aux nageurs de combat comme à nous, et qu'il nous avait livrés à l'ennemi afin que nous soyons sincères sous la torture… On a tous craqué, je n'ai pas honte de le dire, on a dit ce qu'on croyait être la vérité, et les types de la Gestapo ont cru un peu plus longtemps que le 6 juin n'était qu'une opération de diversion... On nous a sacrifiés, délibérément. C'est pour Daniel que je l'ai tué...

Chirol s'est levé. Il a posé le morceau du ticket sur la table basse, puis il a pris Laurence par l'épaule avant de se tourner vers Bruno Veillat.

— On n'a rien entendu, ni l'un ni l'autre... On voulait juste boire un thé. Prenez un peu de temps ces jours-ci, et occupez-vous de votre mère, elle en a bien besoin.

Quand ils sont sortis dans le parc, enlacés, un nuage effilé passait devant la lune pleine.

TU NE DOUBLERAS PAS !

Quand je repense à ma vie, la première chose que la mémoire vient faire danser devant mes yeux, c'est une grande maison de bois posée au milieu d'une clairière et entourée d'un océan de palmiers. J'ai sept ans, je crois, et je travaille déjà depuis longtemps dans les jardins de la propriété des Surget. Le parfum des frangipaniers, l'éclat des bougainvillées, l'or des camaras, la douceur des lys du Sénégal me récompensent seuls de mes efforts. Je mange et je dors dans la grande case, avec tous ceux qui récoltent les régimes de noix, qui travaillent dans la cimenterie, qui fabriquent l'huile de palme. Je ne rentre au village qu'à la saison des pluies. Quelquefois, en fin de journée, on me demande d'arroser le potager qui se trouve à l'arrière de la maison. Je remplis un seau, au puits, et je dépose le contenu d'une calebasse d'eau au pied des haricots, des fraisiers, des salades. L'air s'emplit d'une odeur de terre humide tandis que montent les premières notes de musique. Le vent agite un ri-

deau transparent devant la fenêtre ouverte. Je retire
mon chapeau d'herbes tressées, je m'approche de
l'arbre des voyageurs pour me dissimuler derrière
ses feuilles immenses déployées en éventail. La
pièce est aussi grande que notre case, presque vide.
Des tapis colorés recouvrent le parquet. Une femme
en robe blanche, l'épouse de notre propriétaire, est
assise sur un canapé, appuyée sur des coussins bro-
dés. Elle trempe ses lèvres dans des liquides qui
ombrent ses lèvres, rouge un jour, vert le lendemain. Un domestique bangala, que le patron a ramené d'un voyage au Congo, se tient debout près
du pavillon scintillant du gramophone. Il lui suffit
d'un signe imperceptible de sa maîtresse pour enle-
ver le disque noir qui vient d'arrêter de tourner et le
remplacer par un autre, semblable d'apparence, sorti
d'une pochette en papier marron. Il remonte le mécanisme au moyen de la manivelle avant d'incliner
la pointe de l'aiguille vers le sillon. J'ai aimé tout
de suite le monde qui naissait de leur frottement,
sans même savoir à quoi il correspondait. Bien longtemps après, alors que j'étais devenu boy sous les
ordres du Bangala, j'ai vu des photos de l'Opéra, de
la Scala, dans les numéros de *L'Illustration* qui
traînaient sur les tables, j'ai rencontré le regard de
Caruso, de Friché, de Chaliapine, sur les partitions
entassées au-dessus du piano. Il a fallu dix ans de
plus pour que je traverse la forêt, le désert, l'océan,
et tout le pays de France pour finir enterré vivant, ici,
dans la glaise froide de Champagne. On apprend

vite à reconnaître à leur bruit la taille des obus, leur trajectoire, et les variations de leurs vibrations nous disent s'il faut rentrer la tête ou allumer une cigarette. Hier, le capitaine nous a promis une semaine de permission, à la fin du mois, mais cinq des nôtres ne sont déjà plus là pour savoir s'il va tenir sa promesse. La plupart des survivants ignorent dans quel endroit passer ces quelques jours de répit, alors ils font inscrire sur les formulaires les noms des villes bordels de l'arrière. Le caporal-chef qui m'interroge fait une drôle de tête quand je lui réponds que je veux me rendre place de l'Opéra, à Paris, où d'après un journal qu'on m'a lu, il se joue du Verdi.

Une dizaine d'hommes de la plantation ont rejoint, dès le commencement, les colonnes expéditionnaires du Togo destinées à être transférées en Europe. Pour leur départ, monsieur Surget a organisé une fête devant l'usine d'huile de palme dont la façade disparaissait sous les drapeaux tricolores. On a rôti un buffle et chacun a eu droit à un verre de vin. Tout le monde enviait les incorporés, à cause surtout des 200 francs de bon argent qu'ils avaient obtenus en signant pour la durée de la guerre. J'enrageai de ne pas avoir encore l'âge, à un an près. Ils sont montés sur une des grosses pirogues qui remontent le fleuve jusqu'au port, à trois jours de là. Quand Diocé est revenu, dix mois plus tard, même sa mère ne l'a pas reconnu. Il lui manquait la moitié du vi-

sage, du métal avait poussé à la place de ses os, et
il mangeait en enfournant des boulettes de mil ou
de riz dans le trou d'enfer béant qui partait de son
nez pour aboutir à sa gorge. Des sons effrayants sortaient de ses chairs à vif. Les chiens errants fuyaient
son regard fou. Puis ce fut au tour de Dikoa, tellement rapide qu'on l'appelait l'Antilope, de retrouver ses frères. Il avait usé ses jambes, à trop courir
de par le monde, sous les bombes, et les enfants le
suppliaient pour qu'il leur prête la petite carriole
dans laquelle il était posé. Pour le remercier de son
courage, monsieur Surget l'a nommé contrôleur,
une place occupée normalement par les Blancs. On
le place dès le matin près de l'égrappoir où les régimes de noix sont éclatés, avant que les mâchoires
du malaxeur happent les fruits pour les broyer et en
extraire tout le liquide. Il arrive que la masse de la
pulpe, les débris de coques, fassent un bouchon et
ne parviennent pas à être aspirés vers les centrifu-
geuses, il suffit alors à Dikoa d'appuyer sur un bouton rouge qui actionne un moteur de secours. Au
début, on ne quitte pas les cuves des yeux, puis on
comprend qu'il faut agir quand la machinerie peine,
et que ça s'entend. Entre deux corvées, nous ve-
nons discuter à tour de rôle avec l'Antilope sans
jambes. Le billet de deux cents francs ne fait plus
rêver ceux à qui il raconte les combats de France.
Au tout début, on lui a dit qu'il allait faire la guerre
avec son nez...

— On nous a débarqués sur les quais de Bor-

deaux habillés comme on vit ici, avec deux bouts
de tissu. Toutes les tribus d'Afrique grelottaient au
bord de l'eau. Le temps de nous équiper de brodequins et de pantalons aussi rêches que des noix de
coco, on filait en train au milieu des vignes. On
nous a fait traverser Paris à pied, en pleine nuit,
pour nous installer dans un bastion, de l'autre côté
des fortifications, et nous apprendre à marcher au
pas, à creuser des tranchées, à tirer au fusil. Quand
j'avais un moment pour me reposer, j'allais voir les
bêtes dans le chenil du régiment, près de la porte du
casernement. Rien que du muscle, pas des chiens
tout en os comme les nôtres... Un jour, le soldat
qui s'en occupait m'a demandé de leur donner à
manger, de les brosser. Il a vu que les animaux ne
me faisaient pas peur. La semaine suivante, je suis
devenu son adjoint, et j'ai participé avec lui à ma
première mission de chasse à la bromidrose...

Dikoa aime les mystères, il laisse traîner le *o*
final de ce mot plein d'ombre, et son auditeur, sub-
jugué, imagine un gibier à la mesure de sa sonorité.

— Chaque fleur a son parfum, chaque animal dégage une odeur particulière. C'est pareil pour les
hommes. Les Bambaras ne sentent pas comme les
Peuls, ni les Italiens comme les Espagnols. C'est un
savant français qui l'a découvert. Il y a la peau,
mais aussi ce qu'on mange. Après de longues recherches dans son laboratoire, il a réussi à analyser
l'odeur des Allemands, la bromidrose. L'officier
m'a expliqué que ça voulait dire « sueur puante ».

Elle est tellement forte que les aviateurs qui survolent une armée prussienne en sont imprégnés. Dans un hôpital où on avait mis des prisonniers, il a fallu repeindre les murs pour la faire disparaître. Chez les Allemands blonds, elle ressemble à l'odeur de la graisse rance, chez les bruns, c'est plutôt celle du boudin pourri. Le problème, c'est qu'elle est beaucoup plus difficile à détecter s'il n'y a qu'un Allemand planqué au milieu de millions de Français… Un espion, par exemple. C'est à ça qu'ils servent, les chiens. On les habitue à renifler des vêtements souillés par de la bromidrose, puis on va se promener en les tenant en laisse dans les endroits où des suspects viennent d'être signalés.

Dikoa se réfugie toujours dans son histoire de nez pour ne pas avoir à parler de ses pieds, mais cela n'empêche pas les nouvelles de traverser les forêts. On ne veut pas aller perdre ses bras, ses cuisses dans le pays du brouillard. Quand les agents recruteurs s'approchent des villages, les hommes s'enfuient et reprennent les sagaies, les machettes, les flèches déposées par leurs ancêtres. On sait ce qu'il est advenu aux tribus révoltées du Bélédougou, leur résistance acharnée aux troupes du commandant Caillet, et le martyre du chef Diocé Traoré qui a fait exploser ses barils de poudre sous lui, à N'Koumé, pour ne pas vivre enchaîné. La révolte gronde à Bobo-Dioulasso, à Bandiagara, dans le Sanwi, chez les Oullimiden, mais l'armée française n'aura jamais assez de chiens renifleurs pour pister tous les déserteurs. Curieusement, depuis le retour de Diocé, l'armée a cessé de jeter ses grands filets sur notre région. Plus un seul homme de la plantation, de l'usine d'huile de palme ou de la cimenterie n'a pris le chemin de l'océan. Même moi qui ai aujourd'hui l'âge d'aller mourir. D'après ce qui se murmure, c'est monsieur Surget qui a épargné les conscrits de son domaine grâce aux bonnes relations qu'il entretient avec le gouverneur. Si la France a besoin de nos jambes en Champagne, sur la Somme, au bord de la Marne, nos bras lui sont aussi nécessaires pour construire la première portion de route qui reliera les forêts de cocotiers au rivage.

On était en juin, à l'époque de la pleine récolte, quand il faut passer deux fois par semaine dans la même parcelle. Tout se joue à un jour près. Si le coupeur grimpe au sommet de l'arbre, à sept mètres de hauteur, en s'aidant de sa ceinture de liane, c'est qu'il a compris depuis le sol que le régime est suffisamment mûr pour donner son maximum d'huile. Un jour plus tôt, c'est de l'eau qu'on en tire, et un jour de trop, c'est l'acidité qui gagne et rend le produit moins avantageux, juste bon à faire du savon. Tout le monde est alors mobilisé pour ramasser les régimes qui tombent du ciel, sous les coups de machette, et les fruits qui se dispersent sur le sol, dans les broussailles. On récolte comme ça, rien qu'à la main, trente mille tonnes chaque année. Elles viennent s'entasser petit à petit dans les barques que des bœufs tirent, depuis la berge, jusqu'à l'usine située à deux kilomètres. En fin de semaine, c'est une barge qui vient charger ses cuves d'huile de palme afin de la livrer aux distilleries de la capitale.

Pendant ce temps, une équipe partait le matin, à cheval, pour tracer la route à l'aide de piquets de bois fichés en terre tous les cent mètres. La peinture rouge badigeonnée à leur extrémité grimpait les collines, s'enfonçait dans les massifs d'arbustes, ondulait vers l'horizon, comme les écailles parallèles d'un serpent de six mètres de large. Nous avions commencé à la construire en août, quand les noix ne nécessitaient plus qu'un passage tous les dix jours. Tous les hommes étaient réquisitionnés, adultes, enfants, vieillards. La première chose à faire, c'était de déterrer les cailloux, couper les racines et gratter la terre sur une épaisseur de vingt centimètres, tandis que des groupes de terrassiers creusaient des rigoles assez larges et profondes, de chaque côté, pour évacuer les trombes d'eau de la saison des pluies. Derrière, d'autres ouvriers damaient la piste au moyen de plaques de bois dur équipées d'un manche de pioche. À la fin du mois, une partie de notre effectif s'est consacrée à élever des cases rudimentaires pour abriter les centaines de bâtisseurs qui venaient de livrer cinq kilomètres de piste carrossable sur les cinquante que comptait le projet. Monsieur Surget est venu en personne au campement, le soir, tenant les rênes de la carriole chargée de riz et de poisson séché. Les contremaî-

tres se sont époumonés dans leurs sifflets jusqu'à
ce que nous nous rassemblions autour de l'attelage.
Le propriétaire de la plantation a posé son fouet
dans le fourreau avant de grimper sur le banc.

— Je me faisais un plaisir de livrer tous ces vi-
vres au campement, et je croyais y arriver avec la
nuit… En fait, je suis déçu d'être déjà parvenu à
destination. Ce n'est pas que j'ai forcé les chevaux : non, je les ai laissés aller à leur pas. Dans
ma tête, la route ne s'arrêtait pas aussi près de la
plantation, elle avait franchi les collines de Bom-
baru. C'est souvent comme ça quand on fait confiance ! J'ai obtenu du gouverneur, et ça n'a pas été
facile, que vous restiez tous à mon service, et c'est
de cette manière que vous me remerciez, en tra-
vaillant au ralenti ? Je me suis engagé à ce que
cette piste atteigne l'océan en six mois. Tels que
nous sommes partis, il faudrait en rajouter moitié
autant. Je tiens à dire tout de suite que ce n'est pas
envisageable. J'ai donc décidé que dès demain les
femmes seraient à leur tour réquisitionnées pour la
construction de la route, et que nous les libérerons
de cette tâche si vous avancez au rythme normal
que nous avons fixé.

Elles sont arrivées deux jours plus tard, encadrées
comme un troupeau par les chefs de secteur juchés
sur leurs montures qu'entouraient les capitas équi-
pés de leur fouet. Pas un de nous n'a eu le courage
de lever les yeux vers sa mère, sa femme, sa fille,
quand elles sont passées le long du chantier. Elles

ont franchi la colline sans se retourner. On les a affectées au ramassage des pierres, sur le tracé de la
route, ainsi qu'au transport, au moyen de paniers en
feuilles tressées par les fillettes, de la latérite et du
sable destinés à combler les fondrières. Je me suis
réveillé au milieu de la nuit, alerté par des bruits de
pas, des frôlements, des chuchotements. Une dizaine de compagnons se tenaient près du mât central
de la case où je les ai rejoints. Ils réconfortaient Alpha, l'un des fils du griot de mon village, dont le visage ruisselait de larmes. Je me suis approché.

— Qu'est-ce qui se passe ? Il est malade…

Le chef, Kamoun, a posé la main sur mon épaule.

— Oui, d'une maladie qui n'a pas de remède : la
haine… Hier les Français ont obligé Saraounia, la
femme d'Alpha, à dégager une souche. Elle creusait la terre avec une pierre, agenouillée, son bébé
sur le dos…

Je l'ai interrompu.

— Ce n'est pas possible : il est né il y a six jours
à peine…

— Oui, et il n'aura pas vu se lever l'aube du septième. Elle a eu beau supplier les gardes, leur expliquer que son fils n'avait pas supporté la marche en
plein soleil depuis la plantation, ils n'ont rien voulu
entendre. Saraounia l'a senti mourir contre sa peau.

L'onde du malheur s'est propagée de case en
case, puis ce furent les ordres de Kamoun qui agitèrent les lèvres jusqu'au petit matin. On a appliqué
la consigne : tout le monde s'est recouché. Aux pre-

mières frappes sur le cuir du tam-tam, les ouvriers se sont levés, comme à l'habitude pour se diriger en files soumises vers les chaudrons de soupe. Une centaine d'entre eux dissimulaient machette ou couteau sous un pagne, dans les plis d'une chemise, et il a suffi d'un cri pour qu'ils se jettent sur les gardes de monsieur Surget, ouvrant les crânes comme des noix de coco trop mûres, tranchant les gorges, répandant tripes et boyaux. Dix ou douze surveillants ont réussi à échapper à leur sort. Ils se sont regroupés derrière les chariots dont ils se servaient comme d'un rempart pour nous tirer dessus. Dès que l'un de nous tentait de sortir, une de leurs balles le fauchait. Armé de son seul désespoir, Alpha s'est dressé et s'est mis à courir vers les gueules des fusils. Une véritable armée aux mains nues l'a imité, indifférente aux silhouettes qui s'abattaient dans la poussière. Pas un seul élément de la chiourme n'a survécu à notre assaut. Le gros de leur troupe s'était regroupé autour des tentes des contremaîtres, des capitas. Une attaque frontale risquait de ne pas tourner à notre avantage, malgré les fusils que nous venions de récupérer, et Kamoun, après avoir formé un détachement dont la mission consistait à délivrer les femmes, a préféré donner l'ordre de dispersion dans les forêts environnantes.

J'y suis resté près de six mois, me nourrissant de baies, de fruits, d'insectes et de quelques rongeurs qui se laissaient prendre à mes pièges. Le gouverneur a envoyé une canonnière appuyée au sol par un détachement de tirailleurs. Ils ont failli me prendre à plusieurs reprises, au cours des premiers jours. Pour les malheureux, la sanction était toujours la même, le fagotage : les soldats attachaient les fugitifs ensemble, à l'aide d'une liane, comme si c'était du bois mort, puis ils les faisaient sauter à la dynamite. Quand je suis tombé entre leurs griffes, ils étaient rassasiés. J'ai simplement été battu. Le lendemain j'ai pris la piste vers une caserne de Dakar. Après quelques semaines d'instruction militaire, un cargo a empli ses cales de chair à canon, comme en d'autres temps de bois d'ébène. Notre adjudant n'avait pas de mots assez durs pour nous dire ce qui nous attendait. Les Allemands étaient pires que les plus féroces animaux de la jungle, plus venimeux que les serpents. Rien ne les arrêtait, ni le meurtre ni le viol ni le pillage. Pour les imaginer, je fermais les yeux et me revenaient les images des fagotages. J'ai débarqué à Nantes d'où un train partait directement pour les tranchées. Mon plus grand regret, c'est de ne pas être allé à Paris, place de l'Opéra : la veille de la permission, un obus a explosé sur notre casemate, éparpillant trois soldats. Mon bras droit les a accompagnés. À la place, on m'a donné une médaille.

Je suis retourné à la plantation. Comme tous les blessés de guerre, j'ai eu droit à un poste réservé. Je dois marcher entre les rangs de palmiers pour vérifier que les coupeurs n'ont pas oublié de débarrasser le tronc des feuilles mortes, de détruire les fougères qui gênent la fécondation des fruits. Le chantier de la route a fonctionné au ralenti tout le temps de la révolte qui a suivi la mort de l'enfant de Saraounia et d'Alpha. Après notre défaite, monsieur Surget a fait venir les ouvriers d'une tribu implantée dans les territoires de l'Afrique allemande faits prisonniers par une coalition de soldats anglais et français. Les surveillants ne les traitent pas seulement comme des esclaves mais aussi comme des ennemis. Hier, les travaux du tronçon qui mène de la plantation au rivage se sont achevés, avec près d'une année de retard. Monsieur Surget a commandé des bornes kilométriques, du matériel de signalisation pour que son œuvre ressemble aux photos des routes de France publiées dans *L'Illustration*, mais ce qui a été livré par le bateau ne correspond pas à sa demande. Il s'est résolu à faire planter des dizaines de panneaux identiques contenus dans une gigantesque caisse en bois. Depuis ce matin, tous les deux cents mètres, des plaques émaillées ont poussé au sommet de leur tige de fer. La circonférence du disque est soulignée par une bande rouge et, au centre, la silhouette d'une voiture écarlate se tient à la gauche d'une voiture noire. Cela veut dire qu'il est interdit de doubler. Au début de cet après-midi du 20 mars 1916, alors qu'une multitude de drapeaux tricolores flottaient au vent, monsieur Surget a sorti sa berline Delage du garage pour inaugurer son œuvre. Quand il est passé devant moi, dans un nuage de poussière, je me suis dit que le fait de ne plus avoir de bras droit me donnait une excuse pour ne pas le saluer.

La Delage de la plantation Surget est demeurée la seule voiture à circuler dans cette région d'Afrique jusqu'en juillet 1919. À cette date, le fils du propriétaire a fait venir une Delaunay-Belleville dont le moteur, plus puissant, l'incita, malgré l'injonction des panneaux, à dépasser son géniteur.

RUBRIQUE SPORTS

Les cloches sonnaient midi en contrebas, vers la Seine, quand il avait croisé les carriers de chez Morin qui redescendaient de leurs cavernes de gypse. Il les avait salués en évitant de soutenir le regard d'Amilcare, le père de Ribella, une fille qu'il avait serrée d'un peu près la semaine précédente au bal du café *Camille*, rue Héloïse. Il n'avait pourtant pas le droit de s'afficher dans ce genre d'endroits, les consignes étaient strictes, mais à vingt ans il n'y a pas que la tête qui commande. C'était une belle adolescente aux formes déjà pleines, les yeux perpétuellement rieurs et qui portait son surnom, Ribella, Ribellati, Rebelle-toi, en bandoulière. Un véritable chat sauvage, soyeux et griffant, dont on voulait s'emparer pour la douceur en acceptant de payer le prix de ses défenses acérées. Amilcare s'était contenté de froncer les sourcils, de grommeler. Il poussait une brouette pleine de débris de pierre que le patron abandonnait à ses ouvriers. Peu à peu ces éclats fortifiaient les soubassements du village de planches qui avait envahi les collines, permettaient aux cabanes de mieux résister aux pluies d'automne. Le bourbier dans lequel ils pataugeaient tous, à longueur d'année, avait fini par donner un nom à ces vallonnements de fin de ville : *Massa Grande*, quatre syllabes suaves qu'on pouvait traduire par *La Grande Fosse à fumier*... Les Français du coin le reprenaient maintenant à leur compte sous forme de Mazagran dont ils feignaient de penser que cela avait seulement à voir avec le café et l'Algérie.

Il pénétra dans le dédale des ruelles étroites où l'odeur de la soupe se mêlait à la fumée âcre des poêles. Il s'arrêta un instant, amusé par les cris d'un gamin lancé à la poursuite d'un poulet, poussa la porte d'une masure et inclina la tête, les épaules, pour entrer dans la pièce. Il embrassa la femme qui s'affairait aux fourneaux.

— Bonjour, maman. Qu'est-ce que tu nous fais de bon ?

Elle répondit par d'autres questions.

— C'était pas prévu que tu viennes à Argenteuil... Comment ça se fait ? Tu ne travailles pas aujourd'hui ?

Il avait déjà tiré le loquet de l'appentis où son père rangeait ses outils et dans lequel avaient été installées les commodités : une épaisse planche percée posée sur des moellons au-dessus d'une fosse. Comment lui avouer qu'il ne se présentait plus à la porte de l'usine depuis près de trois mois, qu'il faisait semblant de respecter l'horaire de la pointeuse pour ne pas l'inquiéter. Il se mit à genoux pour déplacer une caisse, dégager la terre qui cachait une boîte en fer-blanc. Il défit le linge graisseux entourant le 6.35 afin de vérifier le fonctionnement de l'arme, le positionnement du chargeur. Il glissa le pistolet dans sa ceinture, à l'arrière de son pantalon avant de prendre la carte d'identité établie au nom de Robin Chatel, célibataire, domicilié au 4 du passage du Génie, à Paris. Un bol de soupe l'attendait sur la table quand il ressortit du réduit. Il le but en silence.

Le labyrinthe du bidonville était maintenant envahi par les ouvriers italiens, polonais, belges et tchèques des ateliers de cycles l'Aiglon, des fonderies Nanquette, des péniches Claparède, du caoutchouc Palladium qui se pressaient vers les cantines de la route d'Enghien ou de celle de Sannois. Il remonta son col de veste, planta ses mains dans ses poches de pantalon et fila, les yeux baissés, vers le fleuve. Un ami le héla, un autre, un autre encore, mais il fit comme s'il n'entendait pas leurs appels. Une horde d'une cinquantaine de gamins, divisée en deux équipes, s'affrontaient sur un terrain à peu près plan où, une fois l'an, s'installaient un cirque et sa ménagerie. Des pieux reliés par une grosse corde faisaient office de buts. Le ballon s'égara dans les airs alors qu'il passait à l'écart. Il vint rebondir sur le chemin, juste derrière lui, avant de finir sa course au milieu des orties. Il le dégagea de la végétation, du pointu de la chaussure et le fit rouler en trottinant dans son sillage. Deux gosses décidés vinrent à sa rencontre. Il les effaça d'une feinte du corps, accéléra pour venir se placer dans un angle favorable. Trois autres équipiers montèrent à l'assaut. Un petit pont, un crochet, un faux démarrage, et il s'ouvrit un espace suffisant pour décocher un tir puissant qui surprit le goal au point que le ballon lui passa entre les jambes. Le gardien s'éloigna de son cadre pour venir serrer la main du buteur.

— Comment tu fais, Rino ? On dirait que le ballon t'obéit… C'est de la magie. Quand tu cours, il reste à côté de ton pied, comme un petit chien…

— C'est pourtant simple : on danse ensemble. Il faut apprendre la légèreté. Le football, c'est aérien. Observe un ballon, ça vole, ça rebondit, ça virevolte… Quand je suis au milieu de la pelouse, c'est comme quand j'invite une fille sur la piste de danse. Je la guide en douceur. J'ai l'impression d'être monté sur roulettes, d'être aussi souple que la môme caoutchouc ! Si tu restes planté sur tes guibolles comme sur des échasses, tu ne feras rien de bon. Il faut que j'y aille. À la prochaine. Vous comprendrez mieux quand vous aurez l'âge d'aller au bal !

Il grimpa sur la plate-forme du bus après avoir passé les quais, et prit connaissance des nouvelles du monde sur le journal généreusement déplié par son voisin. Une heure plus tard, à la minute exactement prévue, il escaladait les marches de la station de La Muette. Il s'engagea dans la rue la plus à droite, sur le carrefour, comme il lui avait été indiqué dans le dernier courrier glissé dans la boîte aux lettres d'une piaule louée sous son nom d'emprunt. Il ne se sentait pas à son aise dans ce quartier d'immeubles ventrus. Sur le trottoir opposé, il reconnut la démarche chaloupée de Spartaco, et plus loin, près d'un fleuriste, la silhouette effilée de Cesare. Il ignorait jusqu'à cet instant l'identité de ceux qui devaient le couvrir, et il fut secrètement satisfait du choix de ses supérieurs. Ils étaient eux aussi originaires de la Ritalie d'Argenteuil. En cas de coup dur, ils n'avaient pas besoin de parler pour se comprendre. Il accéléra le pas pour les dépasser, traversa l'avenue, prit place sur le trottoir de la rue Maspéro au moment où sa cible sortait d'un hall vitré faisant claquer le cuir de ses bottes sur l'asphalte. Le chauffeur venait de s'incliner pour ouvrir la porte de la grosse Mercedes décapotable. Rino écarta le pan de sa veste, sa main glissa vers l'arrière, sa paume entoura la crosse de l'automatique qui capta soudain les rayons du soleil. Il se trouvait à moins d'un mètre de l'homme au crâne recouvert d'une casquette rigide. L'allonge de son bras plaça l'orifice de l'arme à quelques centimètres de la tempe. Il tira par deux fois, n'ayant vu de celui qu'il venait d'abattre qu'un profil ensanglanté, puis il continua de marcher droit devant lui, sans se retourner, le corps secoué de tremblements. Seule la confiance dans la détermination de ses deux compagnons l'empêchait de se mettre à courir. Il obliqua à droite, à gauche, devina plus qu'il ne la vit la devanture du *Café des Vignes* au travers du brouillard trouble que la peur jetait sur les êtres, les choses. Il traversa la salle à colonnes comme pour se diriger vers les toilettes. Une porte, un couloir, une cour, un autre couloir… Une autre porte, enfin, qui donnait sur une rue parallèle. Le portique verdâtre du métro se dressait à moins de vingt mètres. Il tendit son ticket au poinçonneur, se précipita vers la rame une fraction de seconde avant que les portes pneumatiques ne se referment. Portant les mains à son visage, il sentit l'odeur de poudre qui les imprégnait et redouta, tout le temps du voyage, qu'un passager ne la détecte. Il descendit Porte de Saint-Ouen, arpenta une heure durant le quartier des biffins pour se calmer les nerfs. Il était près de six heures lorsqu'il se présenta devant les grilles du stade. Foenkinos, le capitaine était déjà en tenue.

— Salut Rino… On se disait que tu avais mangé le rendez-vous… Toute l'équipe tourne sur la piste pour se chauffer…

Dès qu'il fut seul dans les vestiaires, il grimpa sur un tabouret pour dissimuler son arme dans une niche ménagée derrière l'une des armoires métalliques. Il faudrait ensuite la remettre à son agent de liaison, Inès, l'une de ces jeunes filles qui prenaient autant de risques que lui en espionnant les dignitaires nazis, en transportant les pistolets, les bombes, d'une planque à l'autre. Il se déshabilla entièrement, prit une douche froide. Sur le terrain, il se

contenta de quelques accélérations, de passes milli-
métrées vers son complice Gomez avec qui il formait la redoutable aile droite du Red Star. Et ce
n'est pas seulement parce qu'il venait de tuer un
homme qu'il déclina l'invitation à partager un pot-
au-feu chez Vuillemin, leur entraîneur. Il faisait
bien son boulot, de ce côté-là rien à dire, mais ce
n'était pas un type très franc du collier. Rino préféra aller dormir dans le cocon boueux de *Massa
Grande*, au cœur de ce maquis de planches et
d'éclats de pierres de carrière où ne vivaient que de
pauvres êtres solidaires. Il ne parvint pas à se lever,
le lendemain matin. Le corps comme du plomb. Il
prétexta un début de maladie pour rester un peu
plus longtemps à l'abri, sous le regard maternel. En
début d'après-midi, après mille précautions, Rino
réintégra la chambre qu'il occupait sous le nom de
Chatel au 4 passage du Génie, après le faubourg
Saint-Antoine, près de la place de la Nation. Il demeura cloîtré jusqu'au dimanche matin. Seuls le
respect de la parole donnée, le besoin aussi de se
retrouver avec les copains, le poussèrent à quitter
son antre. Il remarqua, en passant, qu'un papier
blanc avait été glissé dans la boîte. Le message de
l'inconnu qui faisait la liaison entre lui et ses supérieurs lui fixait un nouvel objectif pour le milieu de
la semaine suivante.

Il ne se montra pas au meilleur de sa forme, sur
la pelouse, contre le club de Montreuil. S'il servit
Foenkinos comme sur un plateau, lui permettant

d'ouvrir la marque, il loupa deux occasions en or
qui provoquèrent la stupeur parmi les spectateurs
massés dans les tribunes du stade de Saint-Ouen.
L'équipe adverse, pourtant surclassée sur le papier,
profita du désarroi pour inscrire deux buts. Vuillemin, l'entraîneur, le fit sortir du terrain dès le début
de la deuxième mi-temps.

— Tu arrives en retard aux entraînements et en
plus tu joues comme un fer à repasser ! C'est la petite Ribella qui te bouffe ton énergie ou quoi ? J'espère que ça ira mieux dimanche prochain pour
affronter le Racing.

Rino se retint difficilement de lui voler dans les
plumes. Il se dirigea vers les vestiaires, s'habilla et
partit vers le faubourg Saint-Antoine, lesté de son
flingue, sans attendre la fin du match.

La nouvelle mission avait mobilisé six hommes,
deux Français, trois Italiens, un Polonais, en dehors
de Rino. C'est lui qui était en pointe, cette fois encore, assisté par Robert, l'un des Français. Ils étaient
en planque dans un hall, près d'un café où les deux
convoyeurs se restauraient. Tout le reste du groupe
était disposé le long de la rue Lafayette pour couvrir leur fuite après le vol des sacoches. Rino
s'avança le premier vers la porte à tambour et fit
feu dès que l'homme en uniforme posa le pied sur
le trottoir. Il se baissa pour se saisir de la mallette
quand la vitre explosa, à sa droite. On tirait de l'intérieur de la brasserie. Il ressentit une vive brûlure
à l'épaule, sa bouche devint sèche, râpeuse, immé-

diatement ses jambes se mirent à trembler. Il s'af-
faissa. La dernière image qu'il vit avant de perdre
connaissance fut celle de son équipier qui courait
sous une pluie de projectiles et qui s'engouffrait sous
le porche d'un immeuble aux balcons soutenus par
des cariatides. Après quelques minutes, des militaires se saisirent de lui, le déposèrent sans ménagement à l'arrière d'un camion bâché tandis qu'un
détachement assiégeait la cave dans laquelle Robert
s'était réfugié.

Ce dimanche de la fin février 1944, la pièce d'aluminium frappée d'une francisque qui tournoya dans
les airs désigna le Racing pour engager le match
qui opposait l'équipe parisienne à celle de Saint-
Ouen. Fred Aston, un surdoué du ballon rond qui
avait longtemps occupé la place centrale de l'attaque du Red Star avant de signer pour Paris, se pencha vers Foenkinos, son ancien capitaine.

— Je ne vois pas Rino à ton aile droite… Tu le
tiens en réserve ?

— Non, il nous a fait faux bond. Il n'avait pas la
tête au jeu ces derniers temps… J'ai l'impression
qu'il en pince pour une beauté…

Le coup de sifflet de l'arbitre interrompit l'échange.
En moins de trois passes exactement calibrées, les
racingmen se faufilaient dans la surface audonienne
et mettaient le gardien en danger.

Quarante-cinq minutes plus tard, la pelouse se vida sur un score nul et les quelques centaines de spectateurs se dirigèrent vers les buvettes pour attendre la reprise de la rencontre. Quand ils revinrent à leur place, Ribella et Inès, deux jeunes femmes agents de liaison venues de *Massa Grande*, se levèrent dans le même mouvement. Elles ouvrirent leurs vestes de tailleur pour se saisir de poignées de papier qu'elles jetèrent en l'air, du haut des tribunes, avant de disparaître. Le vent fit tournoyer l'une des feuilles qui vint se poser près du point d'engagement, entre les deux capitaines. Fred Aston ramassa le tract mal imprimé qui remplaçait *L'Humanité* interdite. Sous le titre de Jaurès tracé au normographe, orné de la faucille et du marteau, un titre : « *Les Soviétiques libèrent Leningrad après 900 jours de siège.* » Léon Foenkinos vint se placer à côté de son adversaire pour lire un autre article relatant l'offensive de l'Armée rouge en direction de la Roumanie. C'est au verso, en bas de page, dans un encadré, que figurait une nouvelle qui pour eux avait beaucoup plus d'importance :

« *La semaine dernière, vingt-deux de nos camarades du groupe Manouchian des Francs-Tireurs et Partisans (Main-d'œuvre immigrée) ont été fusillés par les bourreaux nazis. Parmi eux, Rino Della Negra, grièvement blessé rue Lafayette lors de l'attaque d'un convoyeur de fonds de l'armée allemande. Ailier droit vedette de l'équipe de Saint-Ouen, il a donné ce dernier message à son petit frère : "Envoie le bonjour et l'adieu à tout le Red Star".* »

Les deux capitaines se regardèrent quand l'arbitre siffla la reprise. Les vingt-deux joueurs ne bougèrent pas. Il y eut ce jour-là à Saint-Ouen, en mémoire des vingt-deux, toute une mi-temps de silence.

INITIALES B.B.

Quai du Quatre-Septembre, les vents de décembre ont décapité les arbres centenaires du bois de Boulogne ; le long des étangs, là où la terre gorgée d'eau ne retenait pas les ancrages, souches de chênes, saules ou pins exhibent leurs racines inutiles. La Folie que le comte d'Artois fit édifier en deux mois par Bélanger, pour gagner un pari engagé avec la reine Marie-Antoinette, a résisté aux éléments, et l'édifice tarabiscoté abrite aujourd'hui la station de pompage dont les capteurs invisibles aspirent les eaux sombres du fleuve. Quelques centaines de mètres séparent ce vestige d'Ancien Régime d'une des plus belles utopies du siècle d'hier. Exilé d'une Alsace conquise par la Prusse, Albert Kahn avait affecté une partie de sa fortune acquise en spéculant sur les mines d'or du Transvaal à l'achat d'une propriété de cinq hectares, face aux collines de Saint-Cloud. C'est là qu'il consacra trente années de sa vie à bâtir son harmonie universelle. Encyclopédiste du temps des frères Lumière, il lance

des dizaines d'équipes de photographes, de cinéas-
tes, à travers le monde, dans le dessein de rendre
compte de sa marche inéluctable vers le progrès.
100 000 clichés et 350 kilomètres de pellicule cons-
tituent les « Archives de la Planète » dont le projet
fut brisé net en 1929, quand, un jour d'octobre, il se
mit à pleuvoir des milliardaires ruinés sur le macadam de Wall Street.

Des anciens chantiers navals, des grues à vapeur,
de l'abreuvoir, des blanchisseries industrielles, il ne
reste rien qu'un nom, rue du Port, sur une plaque
émaillée : tout a été absorbé, minéralisé, par les
voies et dégagements du pont de Saint-Cloud. Là,
dans un recoin de la rue Béranger, un astucieux inventa la Cocotte-Minute, sous le nom moins porteur
d'Auto-Thermos, en contemplant une « marmite »
de Denis Papin munie de sa soupape de sécurité.
Derrière un immeuble en chicane qui a pris la place
des Buanderies de la Seine, deux vigiles contrôlent
les badges à l'entrée de Thomson Multimédia. Ils
actionnent la barrière rouge et blanche depuis leur
guérite, cube basique d'acier et de vitrage. Elle
jouxte l'élégant pavillon de gardien de la première
usine fondée à cet endroit par Maurice Aboilard, Le
Matériel Téléphonique, qui fabriquait du câble sous
plomb et des centraux, en ces temps héroïques où la
moitié des Français attendait l'installation du téléphone et l'autre moitié la tonalité. Assemblé en
1929, année de la ruine du voisin Albert Kahn, le
bâtiment central, brique et pignon crénelé, abrite le

restaurant d'entreprise où, entre poire et fromage, résonnent les stridences des portables. Sur la berge qui fut consolidée, aplanie, en 1897 à l'aide de remblais parisiens issus de l'avenue de l'Opéra, des baraques dominent les flots que ne ride aucun passage de péniche. On y vend des piscines, des combinaisons de plongée, des palmes et des tubas, de l'accastillage, du matériel d'avitaillement, des bateaux de plaisance. Les bureaux et magasins sont perchés sur des pilotis foncés dans la rive. On ne sait si c'est là un hommage maladroit à Le Corbusier, dont l'un des cinq points de la théorie d'une architecture nouvelle préconise de libérer le sol. En face, la vaste propriété du baron Adolphe de Rothschild a laissé place à un démocratique parc des sports municipal dont la végétation masque un groupe scolaire aux lignes courbes construit en 1933 et dû à Jacques-Harold-Édouard Debat-Ponsan, homme seul au nom digne d'un pléthorique cabinet d'architectes. Deux immeubles alu et verre miroir précèdent le curieux assemblage décalé de la sous-préfecture, socle massif autoritaire sur lequel est posé un étage légèrement penché, comme si la fonction publique, parfois, était sensible au vertige. La première de ces constructions abrite les décideurs en opérations internationales de Renault, la seconde le siège social de Rodhia, une filiale de Rhône-Poulenc. L'entreprise fabrique de l'aspirine, des pneus verts et de la gomme xanthane qui donne du moelleux aux jus d'orange. Elle traite aussi des terres rares qui en-

trent dans la composition des écrans plats. On y
pratique l'*assessment center*, une méthode de ges-
tion du personnel à base de jeu de simulation enre-
gistré sur vidéo, et d'évaluation de chaque employé
par l'ensemble de ceux avec lesquels il est appelé
à travailler. Souriez, vous êtes filmé. Cent mètres
plus loin, sous l'échangeur du pont de Sèvres, igno-
rés des caméras, des marginalisés ont investi un recoin abrité. Table et chaises de camping, matelas
ficelé, sacs plastique gonflés témoignent d'un habi-
tat troglodyte. Non loin de là, sur l'un des bras de
la rocade, se dressait l'hôtel-restaurant *À la Ville de
Paris* où se rencontrèrent émissaires prussiens et
français, dont Adolphe Thiers dit-on, lors des pour-
parlers d'armistice, en 1871. La paix revenue, on
changea de nom pour baptiser l'endroit *Hôtel du
Parlementaire*. On peut contourner les Sablières de
la Seine (minéraux de grains variés, graviers), et
s'installer dans la cale du *Dalila*, une péniche qui
finit sa vie dans la restauration, pour avaler un chik-
tay de morue, un macadam ou un touffé de Chatou,
selon arrivage.

Cocons de start-up, de boîtes de com, d'informatique, où les écrans affichent des croissances à deux
chiffres, les douze tours serrées du quartier d'affaires poussent sur les friches des gazomètres, des ateliers de blocs de vitesse et pignons, de l'école
d'apprentissage de Renault. Les bureaux directo-
riaux impeccables font face à la pointe de l'île Seguin, langue métallique oxydée d'un dragon terrassé.

Avant-guerre, quand on y fabriquait aussi des chars, des autorails, on surnommait cette partie de l'empire l'île du Diable, du nom de cet éclat de Guyane où fut banni Dreyfus. Le long des chaînes de ce bagne de banlieue, chaque geste est chronométré, et des mouchards livrent les noms des récalcitrants au responsable de la police intérieure, un ancien colonel russe de l'armée blanche de Wrangel. Lors de l'occupation de l'usine, en 1936, les effigies des agents de maîtrise les plus acharnés à faire respecter les cadences sont pendues aux poutrelles, dans le grand hall de la carrosserie. Un cortège solennel accompagne les marionnettes jusqu'au pont de l'île Seguin où elles sont symboliquement jetées, ainsi que des cercueils. J'ai devant les yeux la fiche de cotisations sociales de l'ouvrier immatriculé 18.75.11.372.11. Le trimestre précédant la grève, son salaire plafonnait à 785 francs. Trois mois plus tard, il était grimpé à 1320 francs pour un horaire hebdomadaire ramené à quarante heures. On s'interroge aujourd'hui sur l'affectation future de ces lieux, sur « *la mise en perspective des principales infrastructures et équipements nécessaires à l'urbanisation du site* ». Un probable écomusée du Travailleur du vingtième siècle préservera, pour l'édification des générations futures, une baraque en planches issue de la loi Loucheur, avec son jardinet utilitaire, poireaux, carottes, sa guérite des commodités, une plaque émaillée « Avenue de la Solidarité » ou « Impasse de la Justice », une poin-

teuse, une paire de bleus, une casquette, une ga-
melle d'alu fabriquée en perruque. La voix de
Marianne Oswald, repiquée sur disque laser, ac-
compagnera la nostalgie des visiteurs, les rires so-
nores des enfants des écoles :

> *Le soleil luit pour tout le monde...*
> *Sauf pour les travailleurs d'usine,*
> *Sauf pour les mineurs dans les mines,*
> *Sauf pour les employés du métro,*
> *Sauf pour les imprimeurs de journaux,*
> *Sauf pour ceux qui travaillent à la chaîne chez*
>   *Citroën.*

Prévert aurait tout aussi bien pu conclure « chez
Renault » où je ne suis entré qu'une seule fois, en
1978. Je m'étais mêlé au flot serré et pas vraiment
joyeux qui envahissait les trottoirs et la chaussée de
la rue Émile-Zola. Le sang du souvenir teintait encore l'asphalte à l'endroit où un vigile-maison avait
abattu Pierre Overney, un militant maoïste viré de
l'entreprise pour « agitation politique sur le lieu de
travail ». La balle l'avait frappé alors qu'il distribuait des tracts disant sa solidarité avec des frères
immigrés en grève de la faim. Il ne reste rien
aujourd'hui de ce quartier qui fut le berceau de la
marque, qu'un immense terrain vague dissimulé à
la curiosité des badauds par les murs gris sur lesquels figurent, de loin en loin, incrustés dans le
béton le signe RNUR, pour Régie nationale des

usines Renault. Après avoir passé sans encombre la barrière du contrôle et rapidement montré la carte d'un ami, j'avais franchi le pont au soubassement bleu layette et pénétré sous l'immense verrière. On fabriquait encore des R4 dont les carcasses avançaient, sur plusieurs niveaux, au rythme inéluctable de la crémaillère. Le copain qui me pilotait dans cet univers empli des cris du métal au travail, dans l'odeur âcre des soudures et la lumière tamisée par les poussières en suspension, conduisait une estafette-bibliobus du comité d'entreprise qu'il venait garer en bout de chaîne ou près des pilons. Il prêtait livres et disques aux ouvriers, vendait des places de théâtre à prix réduit, pendant les pauses. Me souvenant, près d'un quart de siècle plus tard, de cet acharnement à faire vivre la culture à l'endroit où elle devait rivaliser avec l'impossible, je ne pouvais que refuser de m'associer aux écrivains oublieux qui préconisent le droit de prêt payant dans les bibliothèques.

Après avoir recherché les paysages perdus que Marcel Proust contemplait depuis la fenêtre du sanatorium du docteur Sollier, quand il vint se reposer à Boulogne-Billancourt, j'ai fait une halte dans un café de la rue Traversière dont la terrasse ensoleillée donne sur une maison en brique peinte. Un cabinet d'architectes, pour s'y installer, l'a rehaussée d'un niveau, d'une passerelle métallique ajourée, flanquée d'une aile en bois qui accueille des bureaux. Plus loin, un petit immeuble beige, moulure en couronnement à chaque étage, claustra, fait la nique au mastodonte contigu signé Fernand Pouillon, témoin de l'aménagement triomphant des Trente Glorieuses.

J'ai profité du pont de Billancourt pour faire une infidélité aux quais que j'arpentais depuis des heures, frôlé par le flot incessant des voitures et des camions. La Tour aux Figures, vingt mètres de polyester expansé coloré en blanc, jaune, rouge, bleu et noir, me narguait, apparaissant et disparaissant derrière les plantations anarchiques de l'île Saint-Germain. La peinture monumentée de Jean Dubuffet, encadrée par deux cheminées de chauffage urbain qui fabriquent du nuage en permanence, a failli disparaître, ses commanditaires ne parvenant pas à digérer l'insolence que son puzzle fantasque inflige au garde-à-vous des résidences et des sièges sociaux. Pourtant le peintre avait annoncé la couleur en titrant ses œuvres précédentes *Foire aux équivalences, Versant de l'erreur, Administration des leurres* ou même *Donneur d'alarme...* La preuve qu'il faut jouer franc-jeu, c'est qu'on n'est jamais cru. En contrebas, la Seine clapote au passage de la péniche *Bel-Ami*. Des immeubles de bureaux, des résidences, occupent l'espace laissé vacant par les ateliers de l'avionneur Émile Salmson dont les moteurs en étoile Cantonnune équipaient les chasseurs de la Grande Guerre. Je longe l'enfilade des mètres carrés sociaux de la cité HBM du square de l'Avre et des Moulineaux. Créateurs de cités-jardins, ils se sont mis à trois, au moment du Front populaire, Ruté, Sirvin et Bassompierre, pour tracer les plans de cet ensemble de mille logements répartis en quatre groupes d'immeubles autour de cours plantées. L'entrée du quadrilatère se fait par trois monumentales portes cochères, la dernière ayant été occultée en raison des forts vents de nord-ouest qui balaient cette partie de la boucle du fleuve.

À l'entrée du cimetière de Billancourt, une affichette informe les visiteurs de la division dans laquelle se trouve la sépulture du chanteur C. Jérôme qu'un journaliste indélicat avait prénommé « C'était » pour annoncer son décès. De multiples croix orthodoxes témoignent de l'importance de la communauté russe dans la ville, après la révolution bolchevique d'octobre 1917. Dépeuplées par la saignée des tranchées, les nombreuses fabriques de Boulogne et de Billancourt avaient besoin de bras, et les soldats des armées défaites de Wrangel, de Denikine demeurées fidèles au tsar de toutes les Russies étaient dispersés dans les Dardanelles, en Tunisie, à Sofia, à Belgrade. *Moussiou* Renault les remit en ordre de bataille dans ses ateliers, pour tenir le front de la production. Ironie de l'histoire, ces soldats de la Garde blanche, ces Cosaques du Don et du Kouban, de l'armée des Volontaires, purent croiser dans les allées de l'île Seguin un vaincu magnifique, le guérillero anarchiste Nestor Ivanovitch Makhno dont Lénine en personne avait demandé la liquidation.

Dans ses *Chroniques de Billancourt*, Nina Ber-
berova évoque ces immigrés oubliés : « *Elle se souvenait comment étaient arrivés les premiers hôtes
étrangers place Nationale. Ils s'étaient assis par
terre, les enfants à moitié nus pleuraient, les femmes non débarbouillées, décoiffées, jambes nues et
couvertes de guenille jetaient des regards apeurés
autour d'elles. Les hommes, barbus, sombres, vêtus
de capotes de l'armée anglaise, étaient assis près
de leurs misérables bagages qu'ils ne quittaient pas
des yeux, bagages qui avaient transité par toute
l'Europe et d'où émergeaient des théières, des icô-
nes et des souliers.* »

Délaissant le pont d'Issy, j'arrive au terme de mon
périple. Indigestion de sièges sociaux, le 9 de Télé-
com, Bouygues, La Poste, Renault, profusion de
verre aveuglant, d'alu brossé, de caméras de surveillance. Encore une fois, les façades n'acceptent
pas notre ombre et nous renvoient l'image de notre
propre solitude. La communication dont ils vivent,
derrière, ne passe pas par l'humain, par l'acte gratuit, mais par les tuyaux et les écrans.

Les plaques de rues du quartier rendent hommage
à l'histoire du cinéma. Luis Buñuel, René Clair,
Marcel Carné sont à l'honneur, mais sous « La
Voie lactée » on n'a pu s'empêcher de placer un
panneau de sens interdit, un défense de stationner
sous celui des « Enfants du Paradis ». À l'arrière du
bâtiment amiral, la tour ronde de TF1, une rue
courtaude, immonde, est occupée pour une moitié

par l'accès aux parkings souterrains et pour l'autre
par l'aire de stockage des conteneurs de déchets
que produit en masse la chaîne généraliste. Le nom
de la voie souligne le désastre : « rue de La Grande
Illusion ».

On se rassure en se souvenant que, par la grâce
de Jean Renoir, Boudu, au moins, fut sauvé des eaux
glacées.

DU MÊME AUTEUR

Aux Éditions Gallimard

RACONTEUR D'HISTOIRES, *nouvelles* (Folio n° 4112).

CEINTURE ROUGE précédé de CORVÉE DE BOIS. Textes extraits de *Raconteur d'histoires* (Folio 2 € n° 4146).

MAIN COURANTE ET AUTRES LIEUX (Folio n° 4222).

ITINÉRAIRE D'UN SALAUD ORDINAIRE (Folio n° 4603).

TROIS NOUVELLES NOIRES, *avec Jean-Bernard Pouy et Chantal Pelletier*, lecture accompagnée par Françoise Spiess (La Bibliothèque Gallimard n° 194).

CAMARADES DE CLASSE (Folio n° 4982).

PETIT ÉLOGE DES FAITS DIVERS (Folio 2 € n° 4788).

Dans la collection Série Noire

MEURTRES POUR MÉMOIRE, *n° 1945* (Folio Policier n° 15). Grand prix de la Littérature Policière 1984 — Prix Paul Vaillant-Couturier 1984.

LE GÉANT INACHEVÉ, *n° 1956* (Folio Policier n° 71). Prix 813 du Roman Noir 1983.

LE DER DES DERS, *n° 1986* (Folio Policier n° 59).

MÉTROPOLICE, *n° 2009* (Folio Policier n° 86).

LE BOURREAU ET SON DOUBLE, *n° 2061* (Folio Policier n° 42).

LUMIÈRE NOIRE, *n° 2109* (Folio Policier n° 65).

12, RUE MECKERT, *n° 2621* (Folio Policier n° 299).

JE TUE IL..., *n° 2694* (Folio Policier n° 403).

Dans « Page Blanche » et « Frontières »

À LOUER SANS COMMISSION.

LA COULEUR DU NOIR.

Dans « La Bibliothèque Gallimard »

MEURTRES POUR MÉMOIRE. *Dossier pédagogique par Marianne Genzling, n° 35.*

Aux Éditions Baleine

NAZIS DANS LE MÉTRO (Folio Policier n° 446).
ÉTHIQUE EN TOC.
LA ROUTE DU ROM (Folio Policier n° 375).
VENT D'ÉTAT EN CORSE.

Aux Éditions Hoëbeke

À NOUS LA VIE ! *Photographies de Willy Ronis.*
BELLEVILLE-MÉNILMONTANT. *Photographies de Willy Ronis.*

Aux Éditions Parole d'Aube

ÉCRIRE EN CONTRE, *entretiens.*

Aux Éditions du Cherche-Midi

LA MÉMOIRE LONGUE.

Aux Éditions Actes Sud

JAURÈS : NON À LA GUERRE !

Aux Éditions Perrin

MISSAK.

Aux Éditions de l'Atelier

L'AFFRANCHIE DU PÉRIPHÉRIQUE.

Aux Éditions du Temps des noyaux

LA RUMEUR D'AUBERVILLIERS.

Aux Éditions Éden

LES CORPS RÂLENT.

Aux Éditions Syros

LA FÊTE DES MÈRES.
LE CHANT DE TIGALI.

Aux Éditions Flammarion
LA PAPILLONNE DE TOUTES LES COULEURS.

Aux Éditions Rue du Monde
IL FAUT DÉSOBÉIR. *Dessins de PEF.*
UN VIOLON DANS LA NUIT. *Dessins de PEF.*
VIVA LA LIBERTÉ. *Dessins de PEF.*
L'ENFANT DU ZOO. *Dessins de Laurent Corvaisier.*
MISSAK, L'ENFANT DE L'AFFICHE ROUGE. *Dessins de Laurent Corvaisier.*
NOS ANCÊTRES LES PYGMÉES. *Dessins de Jacques Ferrandez.*

Aux Éditions Casterman
LE DER DES DERS. *Dessins de Tardi.*

Aux Éditions l'Association
VARLOT SOLDAT. *Dessins de Tardi.*

Aux Éditions Bérénice
LA PAGE CORNÉE. *Dessins de Mako.*

Aux Éditions Hors Collection
HORS LIMITES. *Dessins d'Assaf Hanuka.*

Aux Éditions EP
CARTON JAUNE. *Dessins d'Assaf Hanuka.*
LE TRAIN DES OUBLIÉS. *Dessins de Mako.*
L'ORIGINE DU NOUVEAU MONDE. *Dessins de Mako.*
CANNIBALE. *Dessins d'Emmanuel Reuzès.*

Aux Éditions Liber Niger
CORVÉE DE BOIS. *Dessins de Tignous.*

Composition Nord Compo
Impression Novoprint
à Barcelone, le 20 janvier 2010
Dépôt légal : janvier 2010
1er dépôt legal dans la collection: octobre 2009

ISBN 978-2-07-035888-5./Imprimé en Espagne.